Tudo acontece na Itália

Tudo acontece na Itália

LINE FIORE

Copyright © 2024 by Editora Letramento
Copyright © 2024 by Line Fiore

Diretor Editorial Gustavo Abreu
Diretor Administrativo Júnior Gaudereto
Diretor Financeiro Cláudio Macedo
Logística Daniel Abreu e Vinícius Santiago
Comunicação e Marketing Carol Pires
Assistente Editorial Matteos Moreno e Maria Eduarda Paixão
Designer Editorial Gustavo Zeferino e Luís Otávio Ferreira
Capa Line Fiore
Revisão Ana Isabel Vaz
Diagramação Isabela Brandão

Todos os direitos reservados. Não é permitida a reprodução desta obra sem aprovação do Grupo Editorial Letramento.

Dados Internacionais de Catalogação na Publicação (CIP)
Bibliotecária Juliana da Silva Mauro – CRB6/3684

F518t Fiore, Line
Tudo acontece na Itália / Line Fiore. - Belo Horizonte : Letramento, 2024.
158 p. ; 23 cm. - (Temporada)
ISBN 978-65-5932-490-3
1. Romance. 2. Relacionamentos. 3. Superação.
4. Autoconhecimento. 5. Amadurecimento. I. Título. II. Série.
CDU: 82-31   CDD: 869.93

Índices para catálogo sistemático:
1. Literatura brasileira - Romance 82-31
2. Literatura brasileira - Romance 869.93

LETRAMENTO EDITORA E LIVRARIA
CAIXA POSTAL 3242 / CEP 30.130-972
av. Antônio Abrahão Caram
n. 430 / sl. 301 / b. São José
CEP: 30275-000 / BH-MG
TEL. 31 3327-5771

É O SELO DE NOVOS AUTORES
DO GRUPO EDITORIAL LETRAMENTO

Esse livro é dedicado à garotinha cuja foto 3x4 ainda está na carteirinha da biblioteca. Você pode realizar sonhos!

Capítulo 1

Tem um dia de verão bem quente entrando pela janela do meu quarto quando acordo no mês de julho em Boston. Esse deveria ser um dos melhores dias do ano depois de uma longa espera pelas enfim férias de meio período da faculdade se não fosse pela barulhenta briga que Ryan e eu tivemos na festa da noite passada, uma das milhares em três anos de namoro, mais uma que resultou em um de nós dois gritando e dando fim à nossa complicada relação. Não é incomum que isso aconteça, a sensação de costume não deixa que os sentimentos de aflição e ansiedade tomem conta de mim nessas situações, na minha cabeça, eu sei que em poucos dias nós vamos reatar, como fazemos há três anos, seis meses e vinte e dois dias, especificamente.

Ryan e eu nos conhecemos na faculdade. Ele jogava futebol nos tempos vagos e eu matava algumas aulas para apreciar a vista que era o corpo dele dentro do uniforme do time, uma atitude um pouco irresponsável, mas dentro dos padrões para uma garota do interior que fugiu o mais rápido possível da cidade onde nasceu para estudar na cidade grande.

Fazer faculdade nunca foi meu sonho exatamente, era mais como uma válvula de escape da minha história complicada, então eu ignorei as incertezas e me mudei assim que consegui, com medo mesmo, como tive que fazer durante minha vida inteira tendo crescido sozinha e independente da minha família distante e incompleta.

Foi em um dos meus devaneios sobre a minha vida nada perfeita, que eu estava disposta a transformar até o fim do meu curso de Direito, que Ryan falou comigo pela primeira vez. Depois de fazer um gol em um dos treinos de terça-feira ele correu até a arquibancada, onde eu estava me escondendo atrás de um livro, e trocou as primeiras palavras comigo: um "oi" acompanhado de um sorriso estonteante que fez minhas pernas tremerem, meus lábios secarem e meu cérebro quase derreter. Nós ficamos conversando por pouco tempo, mas o suficiente para eu acreditar fielmente que nós éramos almas gêmeas.

Depois de quatro semanas saindo, nós dois já éramos inseparáveis. Nossos encontros se resumiam a encontrar os amigos em uma lanchonete da rua Fuller, que fica bem próximo à faculdade de Boston, ir para casa, sempre a dele, e transar quantas vezes fosse possível. Algumas vezes nós íamos ao cinema ou, quando nossos amigos estavam ocupados, íamos apenas para a casa dele fazer o que fazíamos o tempo todo, evitando sempre o meu quarto em um apartamentinho na rua Dummer que eu divido com a minha colega Ivy, que quase nunca está em casa e não tem nenhuma relação profunda comigo, mas é uma pessoa educada, respeitosa e principalmente higiênica, um fator decisivo na escolha de com quem você vai morar por, pelo menos, os próximos quatro anos.

Eu nunca fui a pessoa mais popular do mundo, sempre tive dificuldade para criar laços e relações com as pessoas, e estar perto do Ryan me ajudou muito nesse aspecto. Ele era simpático, parecia um prefeito de cidade pequena, era um sorriso a cada esquina, um oi a cada três passos dados, ele era bem popular e essa popularidade respingou em mim depois que começamos a namorar. É claro que a aparência dele ajudava, ele era alto, forte, os cabelos escuros suficientemente grandes, os olhos tão escuros que sobressaíam em contraste com a cor da pele, e eu era apaixonada pelo formato que sua boca tinha e por cada palavra que saía dela, às vezes apaixonada até demais. Muitas vezes eu me perguntei se ele não era bonito demais pra mim, podemos dizer que segurança e amor próprio não foram as características que meus pais me ajudaram a cultivar na infância, me fazendo acreditar que o amor doía e era construído por agressões físicas e verbais sem consequências, mas eu guardava todas essas informações só pra mim, tanto a insegurança quanto a minha triste história de vida que absolutamente ninguém queria e nem precisava saber.

Depois de três anos e muita rotina, Ryan e eu já estávamos acostumados um ao outro, já sabíamos o que íamos dizer, quando íamos nos ver, sobre o que iríamos falar, o que iríamos fazer, que não íamos escolher um filme para assistir porque nem isso se encaixava mais na nossa relação e, principalmente, ele sabia que não importava quantas vezes brigássemos e o que ele fizesse, eu iria perdoar e iríamos reatar outra vez. E foi exatamente isso que aconteceu mais ou menos vinte e quatro horas atrás, numa festa regada a muita tequila, uma música tão alta que fazia minha cabeça girar e meus olhos não saberem mais passar para o meu cérebro a informação do que estava acontecendo ao meu redor, e mesmo que eles jurassem terem visto Ryan saindo do banheiro feminino de mãos dadas com a Leah, nós dois nos recusamos a acreditar nessa informação, então baixamos as pálpebras e recrutamos todo o resto do meu corpo para dançar ao som daquela música horrorosa que me fazia querer ir embora ainda mais.

No final da festa, já muito bêbada como eu nunca havia ficado antes de me envolver com Ryan, trocando todas as palavras, eu o vi dar um sorriso de canto para Leah, que estava do outro lado da rua e virou o rosto depressa quando percebeu que eu havia notado o que tinha acabado de acontecer. Nesse momento nenhum dos membros do meu corpo ou meus órgãos estavam mais respondendo aos meus comandos voluntários, e como consequência disso uma onda de palavrões misturados com tapas e lágrimas, borrando toda a droga da maquiagem que eu tinha levado a noite inteira fazendo, foram saindo sem me pedir permissão e causando a situação mais constrangedora e feia da qual eu fui personagem principal nesses anos de relacionamento. Para finalizar toda a cena, como em um filme, eu terminei a noite sentada no meio-fio de uma rua estranha, vomitando, com uma garota quase desconhecida, que eu já havia visto passando em algum corredor da faculdade, segurando o meu cabelo e me dizendo que o Ryan não prestava, uma informação que eu também já sabia e não queria assumir.

Depois da bebedeira e todo o resto, eu acordo com a maior ressaca do universo e com os sentimentos de culpa, tristeza e arrependimento transbordando no meu coração. A primeira coisa que faço, depois de xingar todas as minhas gerações e me chamar de burra pelo menos umas dez vezes antes dos primeiros cinco minutos de olhos abertos, é pegar meu celular esperando a típica mensagem de desculpas do Ryan. A verdade é que não importa o que aconteça, com quem ele flerte ou como eu reaja, essa mensagem sempre está lá na manhã seguinte. Mas hoje não, o que me causa um enjoo estranho bem na boca do estômago.

Junto todas as poucas forças que me sobraram e vou andando até a sala, passo pelo corredor esfregando os olhos e noto que a minha calça de pijama não combina com a blusa, isso é uma coisa que eu nunca faço. Minha avó sempre dizia que a forma como nos vestimos para dormir, que é quando geralmente ninguém está nos vendo, diz muito sobre nosso autocuidado, e ironicamente eu, que namoro Ryan e estou fazendo parte do relacionamento mais anti-amor próprio do universo, me preocupo de verdade com esse pequeno detalhe. É nesse momento que eu finalmente noto que não lembro quem me trouxe para casa e me ajudou a trocar de roupa.

Ao passar pela cozinha, pulo em um susto com os olhos ainda embaçados, a cabeça doendo e o corpo com cheiro de álcool, quando vejo um bumbum masculino nu bem no fogão. Aperto meus olhos no impulso de não ver o que eu já vi e oro para que esse cara não seja minha responsabilidade.

– Quem diabos é você? – Eu grito parada, incrédula, sem me mexer, como se me mexer fosse tornar esse momento mais real do que eu quero que ele seja. Ele também me olha, tomando um susto quase tão grande quanto o meu, e se cobre rápido com o avental que está pendurado na geladeira.

– Meu deus! Quem é você???

– Ué, eu moro aqui. E você? – Nós dois parecemos completamente perdidos em uma conversa aos gritos até Ivy sair correndo do quarto dela, que fica mais próximo da sala do que o meu, e aparecer na cozinha vestida com uma camisa social branca que, pelo tamanho, parece ser de outra pessoa, um detalhe que eu percebo quando abro os olhos com as mãos nas laterais do rosto, virada na direção contrária ao bumbum desconhecido.

– Fecha os olhos, Ceci! Fecha!!! – Ivy entra na gritaria.

– Eu estou de olhos fechados desde que eu vi uma bunda desconhecida na nossa cozinha, Ivy! Por favor, me diga que não fui eu que trouxe ele! – Eu resmungo quase chorando, voltando a apertar os olhos.

– Não! Ele tá comigo. – Seu tom de voz confuso me tranquiliza. – Me desculpa, eu achei que você não estava em casa, bom… nós fizemos um barulhão ontem e você não reclamou de nada, sua porta estava fechada e, como você sabe, eu não entro no seu quarto, achei que tivesse dormido fora… – Ela fala com uma voz cheia de culpa, bem do jeitinho dela, preocupada em não invadir meu espaço.

– Meu deus! Eu não preciso saber dos detalhes, tá? – Minha voz sai assustada e apressada tentando evitar que Ivy me conte mais do que eu preciso saber. – Não tem problema. Não precisa se desculpar, eu realmente não ouvi absolutamente nada porque acho que minha alma passou a maior parte da noite vagando por aí. – Eu busco Ivy com as mãos seguindo o som da sua voz e ouvindo o barulho do cinto de uma calça finalmente cobrindo o bumbum até então desconhecido.

– Você já pode abrir os olhos, o Nicolas já está vestido, inclusive… esse é o Nicolas. A gente meio que tá saindo. – Ela diz com uma expressão sem graça, gaguejando um pouco e coçando a cabeça com o dedo indicador de uma das mãos.

– Oi, Nicolas! Bom te conhecer, apesar da circunstância. – Meu risinho deixa Nicolas vermelho. – Sou Cecília, a colega de apartamento. – Estendo minha mão para me apresentar.

Nicolas é um cara bonito, mais alto que Ivy, seu cabelo é curto e seu rosto parece o de um modelo que saiu direto de um catálogo para a nossa casa um tanto quanto bagunçada. Ele está vestindo só a calça jeans recém-colocada, e a ausência da camisa me permite avaliá-lo como um cara nota dez no quesito aparência. Ele tem uma beleza compatível à de Ivy, que é loira, tem um cabelo longo e brilhante, a pele bronzeada de sol e uma franjinha quase cobrindo os olhos que quebra toda a imagem de "mulherão séria" para "uma mulher linda de quem você quer muito ser amiga" quando a vemos por aí. Apesar de passar essa mensagem, nós não somos exatamente amigas, apenas dividimos a casa depois que ela anunciou o AP no mural do corredor de ciências da faculdade, mas sempre preferimos manter uma relação superficial para não complicar a questão de morarmos juntas e dividirmos as contas. Além disso, nunca nem tivemos tempo de realmente conversar direito, e de qualquer forma, nossa convivência é bem leve e tranquila.

– Bom, eu acho que vou indo… – Nicolas começa a recolher algumas das suas coisas de cima do sofá.

– Não! Não. – Digo em um sobressalto. – Olhem, eu só vim pegar algo para comer, uma garrafa com água e aspirina, um coquetel inteiro de aspirina, depois disso eu vou me trancar lá no quarto, fechar as cortinas e fingir que eu morri pelos próximos 30 dias. Podem ficar aí, não deixem que eu seja empata nada, ok?

Vejo de relance o sorrisinho de Ivy para Nicolas tentando disfarçar a felicidade que minhas palavras causam nela, então pego um saco de salgadinhos, uma maçã, uma garrafa com água na cozinha e dois pacotinhos de aspirina no armário do banheiro, suprimentos suficientes para esperar a mensagem de desculpas do Ryan e começar a me preparar para a viagem que planejamos para as férias nas próximas semanas.

Acabo cochilando pelo que pareceram 15 minutos, mas quando acordo tudo já está escuro, abro a cortina e a rua está silenciosa, então abro devagar a porta do quarto e vejo a casa ainda mais escura que a rua. Chamo por Ivy e Nicolas e não tenho resposta, então saio acendendo as luzes uma por uma até chegar na sala tentando encarar meu quase infantil medo de escuro, e volto caminhando pelo corredor retornando ao meu lugar seguro. No caminho eu espio com cuidado os outros cômodos da casa para garantir que eu não vou dar de cara com nenhum bumbum alheio. Pego meu celular e confiro a tela de bloqueio, uma foto minha com o Ryan abraçados logo depois de um dos jogos dele está estampada ali há alguns meses. O cabelo suado na imagem faz meu coração apertar, o número da camisa dele me traz milhares de memórias que eu tento suprimir, e nas notificações não há nenhuma mensagem, o que é incomum para mim.

Horas e dias se passam e a notificação que eu estou esperando não chega. Aquele sentimento de ansiedade que eu não estou acostumada a sentir começa a se aconchegar sem ser convidado depois que Ryan bate o recorde de tempo de espera para pedir as desculpas via mensagem ou flores com um cartão que sempre diz *"Me perdoa, eu prometo que vou mudar. Eu preciso de você."* É aí que eu resolvo finalmente escrever para ele.

Digito e apago as frases várias vezes pensando se devo me desculpar ou culpá-lo ainda mais, e depois de algumas tentativas envio a mensagem.

"Nossas brigas sempre me deixam triste. Estou com saudades."

Em pouco tempo o vejo começar a digitar, encaro o aviso de *"digitando"* por pelo menos dois minutos na tela, imaginando o texto de desculpas que ele está quebrando a cabeça para bolar, quando finalmente recebo a resposta.

"Não quero mais continuar assim. Sua atitude naquela noite foi vergonhosa. Todos olharam pra gente, para o seu escândalo, e agora quando passo tenho que ver pessoas cochichando a respeito de mim, de nós. Já chega, Cecília. É melhor pararmos por aqui."

Enquanto eu leio a sensação é de que meu coração está derretendo aos pouquinhos, minha garganta parece fechar devagar e as lágrimas nos meus olhos não estão nem aí para convite, elas começam a cair sem parar. A culpa está invadindo cada parte do meu corpo, inevitavelmente eu começo a procurar todas as coisas que podia ter feito de diferente na noite passada para que Ryan não se sentisse tão mal a ponto de tomar essa atitude, e todos esses sentimentos começam a se embolar em uma questão de segundos, minha respiração fica curta e o coração acelerado, mas eu mantenho a calma o máximo que consigo, respiro e apelo para meu último recurso disponível, recurso esse que ainda está me mantendo fora da zona de crises de pânico por considerar essa a minha melhor chance de consertar meu erro e fazer as coisas voltarem ao normal.

"Nós temos uma viagem para fazer essa semana, Ryan."

E a resposta que recebo fica ecoando dentro de mim várias e várias vezes.

"Ainda não sei o que vou fazer sobre isso. Falo com você depois."

Desligo o celular, deito na cama e fico lá o máximo de tempo que posso, dedicada à tarefa de esperar Ryan finalmente falar comigo, uma coisa que eu venho fazendo há quase quatro anos. A resposta não vem no primeiro dia nem no segundo, então à noite eu resolvo novamente começar a conversa.

"Você já decidiu sobre a viagem?"

Eu forço um tom despreocupado fingindo que tudo está bem, mas a realidade é que meu cabelo não vê uma escova há dias, meu quarto tem papéis de salgadinho por todos os lados, minha falta de banho já está começando a afetar Ivy, que tem batido na minha porta para perguntar se eu estou bem a cada hora nos últimos dois dias depois de notar que eu não estou comendo, e choro a noite inteira. Meia hora depois meu celular apita e na velocidade de um foguete eu o desbloqueio.

"Eu decidi não ir. Mas não se preocupe, sei que é preciso duas pessoas para o pacote não ser cancelado, então eu convenci Dylan a ir no meu lugar, ele comprou minha parte da viagem."

Dylan é o melhor amigo de Ryan, eles são amigos desde a infância, e apesar de sempre estarem juntos, eles são quase que completos opostos. Dylan é um cara mais reservado, enquanto Ryan gosta de gritar aos sete ventos todas as suas vitórias sexuais e falar em detalhes sobre com quais garotas lindas da faculdade ele já dormiu. Por outro lado, Dylan, que com certeza já ficou com muito mais garotas do que ele, prefere manter suas relações por baixo dos panos, mas eu já escutei muitos boatos nos banheiros femininos de que ele é o maior mulherengo.

Sua aparência é um chamativo para que quase todas as pessoas que gostam de se relacionar com homens na universidade de Boston falem a respeito dos olhos azuis, do cabelo loiro e da boca rosada que ele tem, detalhes que eu escutei em muitos eventos na faculdade e fora dela.

Mesmo que Ryan e Dylan sejam melhores amigos, por causa da personalidade mais reservada de Dylan, nós quase nunca conversamos. Acho que há uns dois anos ele esbarrou em mim em uma festa na casa do Ryan e me pediu desculpas, talvez essa tenha sido nossa maior e mais demorada conversa desde... sempre.

Depois de ler a mensagem do Ryan me informando que a nossa viagem dos sonhos, a que nós planejamos praticamente toda juntos, vai ter que ser dividida não com ele, mas com um cara que eu sequer conheço direito, uma onda de dor me invade. Não me lembro da última vez que me senti assim, a única coisa que eu posso fazer é chorar o máximo que consigo e enviar mensagens para o Ryan, claro, recheadas de *"Me desculpe!"*, *"Eu estava errada."*, "Não precisa ser assim*!!!*", dessa vez sem conseguir esconder minha tristeza, arrependimento e desespero. Aos poucos as mensagens param de ser respondidas e quanto menos ele me responde, mais eu sinto que estou em abstinência da nossa relação, parece mesmo que eu vou morrer se ficar sem ele, parece mesmo que eu não tenho mais como viver na ausência do Ryan e de tudo o que ele trouxe para minha vida, parecia que alguém está arrancando meu coração pela minha boca.

Depois de ouvir meu choro quase desesperado a noite inteira, Ivy, com uma atitude atípica, entra no meu quarto sem bater e devagar senta em cima das pernas, bem no pé da minha cama. Ela passa a mão no meu cabelo enquanto um rio inteiro brota dos meus olhos, não me pergunta nada, provavelmente porque ela, assim como qualquer pessoa que já me viu com Ryan, sabe exatamente o que está acontecendo, ela sabe o que só eu pareço não saber.

Depois de ficar ao meu lado, me ouvindo chorar e me dando o ombro que eu só tenho de uma pessoa que está a milhares de quilômetros de distância, em New Forest, cidade onde eu nasci, ela finalmente diz algumas palavras.

– Eu sei que nada que eu disser vai fazer com que isso doa menos, mas se você precisar, mesmo que não sejamos tão próximas, eu estou aqui para ser uma boa ouvinte.

Quando escuto Ivy dizer isso, algo lá no fundo do meu coração sabe que tem alguma coisa boa bem ali ao meu lado, mas nesse momento eu não consigo ver nada, como se meus olhos estivessem cobertos por uma nuvem cinza e só quem pudesse me salvar dessa névoa fosse quem a colocou lá, o próprio Ryan, então eu só digo o que consigo entre soluços.

– Obrigada, Ivy. Mesmo. – Eu viro meu rosto molhado na direção dela e forço um sorriso.

Ela fica comigo por mais alguns minutos, depois vai até a cozinha e prepara macarrão com queijo e um suco de laranja. Confesso que nunca havia prestado atenção de verdade no quão cuidadosa Ivy é, Ryan sempre me dizia que ela era uma pessoa ruim, que não era minha amiga, que não prestava porque saía com todos os caras da faculdade, e isso nunca me fez não gostar dela de verdade, mas fez com que eu nem pensasse em me tornar sua amiga ou criar qualquer tipo de laço de verdade com ela, já que Ryan não aprovaria. Agora, reparando bem, eu noto que Ivy é uma pessoa imensamente amável e prestativa, ela sempre recolhe nossas roupas quando chove e eu estou fora, ela não encrencou quando eu precisei cuidar do cachorro da minha amiga Bailey por duas semanas quando ela precisou viajar com os pais e não queria deixar ele sozinho em New Forest, inclusive cuidou dele comigo e o tratou muito bem. Apesar da dor que eu estou sentindo, ter Ivy ali sendo tão legal e me dando apoio aquece meu coração, mesmo que esse calor não seja quente o suficiente para derreter o gelo que Ryan instalou nele quando rompeu comigo.

Dias passam por mim como um filme no qual o sol nasce e morre diante dos olhos em pouquíssimo tempo. Com a ajuda e o incentivo diários de Ivy, no quinto dia, eu finalmente levanto da cama, tomo banho e até arrumo o quarto, apesar de achar que eu passei mais tempo parada de pé perto da janela enquanto Ivy pergunta "Onde fica isso?", e recebe minha resposta sempre igual, "Ali", apontando para os lugares onde ela poderia guardar as pantufas, o blush e uma caixa cheia de lembranças do meu relacionamento com Ryan que eu desenterrei de baixo da minha cama enquanto chorava mais uma vez há alguns dias.

No fim da arrumação, quando o sol já está se pondo, Ivy, vestindo um short jeans, uma blusa de manga branca bem justa e um coque nos cabelos loiros, vê o aplicativo da companhia aérea apitar no meu celular em cima da cama, a notificação que me lembra de fazer o check-in online da viagem que em dois dias eu vou fazer com uma pessoa praticamente desconhecida, o que não é nada animador para mim, mas é muito animador para Ivy, dada a forma como ela reage.

– O que é isso? Você tem uma viagem pra fazer em dois dias??? Para onde? Com quem?? – Ela pergunta quase pulando da minha cama, os olhos arregalados, meu celular nas mãos e sua boca aberta em choque.

Quando as últimas palavras saem da boca dela meus olhos se enchem de lágrimas, meus lábios começam a tremer, eu estou parada na janela, de lado, com os braços cruzados, vestindo uma calça e um casaco fino verdes de pijamas, o cabelo preso em um rabo de cavalo que está totalmente iluminado pelo laranja do pôr do sol, assim como o resto do meu rosto, o que deixa a situação menos romântica da minha vida parecendo até um pouco cinematográfica.

– Ah, Ceci. Me desculpa... Eu não queria... – Ivy diz com a voz mansa, sem terminar a frase.

– Era para nós viajarmos juntos para a Itália, planejamos essa viagem no verão passado, esperamos tanto tempo... E eu estraguei tudo – eu digo com lágrimas rolando pelo meu rosto e meu pescoço, sem tentar contê-las nessa altura do campeonato.

– Pera lá, Ceci. Não foi bem assim... – Ivy diz com a voz serena e calma, como quem tem medo de dizer a coisa errada, se preocupando em não usar um tom de julgamento. – O cara vacilou com você, pelo pouco que você me contou, ele estava flertando com outra bem na sua frente, isso se ele não tiver feito pior...

– Ele não teria feito isso se eu fosse melhor pra ele, Ivy. Eu nem estava tão arrumada na festa, Leah estava bem mais bonita, ela e as outras no geral são bem mais bonitas, olha pra você... – Aponto para Ivy ainda com a voz trêmula.

– Eu sei que nada que eu te disser vai te convencer ou fazer você ver as coisas de forma clara de vez, mas só pra constar, você é uma das pessoas mais bonitas que eu conheço, Ceci. – Ela sorri com o canto da boca, nos olhos uma mistura de carinho e pena.

Eu nunca me achei tão bonita, e quando vim para Boston esse sentimento ficou ainda mais intenso. Na faculdade todas as garotas pareciam mais altas que eu, com a pele mais bonita que a minha, elas pareciam mais magras que eu e de longe bem mais sexys que eu, como se fossem uma playboy ambulante sempre rondando meu namorado, mas eu ignorava totalmente esse sentimento, sempre agarrada ao bem que Ryan me fazia sentir quando me tratava como se eu fosse a mulher mais linda e inteligente que ele já tinha conhecido, até nós irmos para uma festa ou bar, é claro, quando eu notava que talvez Ryan também sentisse que elas eram melhores que eu de alguma forma, o que muitas vezes me fazia odiá-lo, mas outras vezes fazia eu me odiar e em outros casos até odiar essas outras garotas.

– Obrigada, Ivy. – Meu sorriso aparecendo na medida do possível, enquanto estou parada na mesma posição.

– Vou precisar sair por um tempo, preciso pegar umas coisas que minha mãe me enviou pelo correio. Você vai ficar bem aqui sozinha? – Ela se levanta da minha cama, colocando meu celular em cima da cômoda e suas mãos nos bolsos.

– Fica tranquila, vou ficar bem, sim. Obrigada por esses dias, tá? – Minhas lágrimas secando no meu rosto e um sorriso pequeno surgindo com todo o meu esforço.

Quando Ivy sai do quarto e posso ouvir seus passos se afastando e a porta da frente batendo, sinto que estar nessa situação é horrível, mas ficar sozinha nela só com os meus pensamentos é ainda mais doloroso e solitário, então lembro que Bailey voltou há dois dias do acampamento que ela faz com os pais quando o tempo está ensolarado na nossa cidade. Tem sido assim desde que éramos crianças, e esse era o único momento dos meus dias em que eu não podia fugir do caos da minha própria casa para a casa da Bailey, onde havia um pai feliz e carinhoso, uma mãe compreensiva e amável, irmãos que riam e brincavam no jardim, e uma família que não era minha mas que sabia, mesmo sem falarem para mim em voz alta, que eu não era feliz no lugar que eu deveria chamar de lar. A família de Bailey até tinha tentando me levar para o acampamento com eles algumas vezes, mas meu pai, sem me explicar a razão, nunca permitiu. Esses eram meus momentos mais solitários em New Forest, mesmo que meus pais estivessem ali.

Desde que Bailey voltou do acampamento, meu celular já tem umas 10 chamadas perdidas, mensagens que dizem *"Você está viva?"* e muitos *"Me respondeeee!"* e até alguns *"Se você estiver no quarto com mais de um cara e estiver me ignorando por isso eu nunca vou te perdoar"* que até me tiraram um sorriso mais verdadeiro do que os que eu vinha dando nos últimos dias.

Eu amo Bailey, ela é de longe a pessoa em quem eu mais confio na vida, mas eu não estou pronta para contar a ela tudo o que aconteceu. Bailey sempre foi uma amiga superprotetora e preocupada, ela sempre soube me defender melhor que eu e até chegou a dar um soco no filho do senhor Filt uma vez quando ele ameaçou me empurrar de um brinquedo no parquinho quando estávamos no primário. Nela eu encontro segurança, mas evito encher Bailey com meus dramas, ela é praticamente a única pessoa que eu tenho e eu não quero perdê-la.

Mas nesse momento sinto que preciso conversar com alguém, alguém com nome, sobrenome e um telefone na agenda do meu celular, eu preciso ouvir os conselhos da Bailey mesmo que nem sempre sejam os melhores ou estejam dentro da lei, preciso sentir que não estou sozinha no mundo, não importa o que aconteça.

Então eu decido andar até a cômoda, pegar meu celular, desbloquear a tela com o dedo, já que há dias o desbloqueio facial não funciona, e se eu pudesse apostar na razão diria que é porque nem ele está mais reconhecendo minhas olheiras, meu rosto mais magro depois de perder peso pela falta de apetite, e os traços que já nem parecem mais tão meus assim. Abro a janela de conversa de Bailey e como se ela estivesse do outro lado só me esperando ligar, a chamada é atendida bem depressa.

– Meu deus, Cici! Onde é que você estava? Eu tenho tanta coisa pra te contar. – Sua voz apressada se atropela. Dá para ver ao fundo a parede cor-de-rosa do seu quarto, as fotos penduradas em um mural, algumas nossas, outras de outras amigas que Bailey ainda cultiva na cidade, fotos dela acampando com os pais, trabalhando na livraria de New Forest, fotos na nossa lanchonete favorita, muitas imagens que me fazem sentir saudades de estar a apenas duas ruas de distância da minha melhor amiga todos os dias.

– Me desculpa, Bai… Eu estive um pouco ocupada nos últimos dias… – Tento usar minha melhor voz, mas nem de longe é uma voz suficientemente boa para convencer Bailey de que não há nada de errado acontecendo, tendo em vista que todas as nossas ligações começam com gritos animados, risos e nós duas disputando para ver quem precisa contar a novidade mais empolgante primeiro.

– O que aconteceu, Cici? – Seu tom de voz mudando de animada para preocupada em apenas um segundo.

– É uma longa história… – Tento segurar as lágrimas vendo Bailey pela tela.

– A boa notícia é que eu tenho todo o tempo do mundo e muita internet para continuar nessa ligação. – Ela diz encostando o celular em algum lugar assumindo uma postura de melhor ouvinte do mundo, prêmio que ela vem ganhando há pelo menos 10 anos. E ao ouvir essa frase as lágrimas que eu ainda tenho de sobra começam a brotar de novo nos meus olhos.

Eu explico tudo para Bailey, entro em todos os detalhes, até as coisas que eu omito para todas as outras pessoas, com medo do julgamento e de ouvir a verdade, eu abro para ela. Ela me escuta atenta, algumas vezes colocando a mão no rosto em choque, em outros momentos apoiando a mão no queixo com uma expressão de raiva, não de mim, mas claramente de Ryan. Depois de pelo menos quarenta minutos explicando, chorando, e até tentando vez ou outra me justificar, Bailey profere as primeiras palavras.

— Eu te amo, Cici. Muito mesmo! Você é a minha melhor amiga, ninguém nunca vai ocupar esse lugar, você sabe, né?

— Sim... – eu digo, ainda fungando as lágrimas.

— E é por isso que vou te dizer o que você provavelmente já sabe que eu vou te dizer, mas eu vou continuar repetindo. Ryan não presta, ele nunca prestou. Eu sei que agora você sente que tem culpa, que poderia ter feito algo de diferente, mas eu preciso ser honesta, não era você dentro do banheiro com a Leah, ou sei lá qual o nome da garota. Era Ryan quem estava lá, foi ele quem escolheu entrar no banheiro mesmo sabendo que você estava ali, a poucos metros de distância.

A cada frase que Bailey diz meu coração parece ser chacoalhado dentro do meu peito, uma ânsia de vômito horrível sobe pela minha faringe, um quase grito preso no fundo da garganta que parece não encontrar uma forma de sair, e as lágrimas se intensificam.

— Ryan não te ama, Cici. Isso não é amor. Mesmo que ele jure que vai mudar, mesmo que ele jure que te ama, a verdade é que você depende dele emocionalmente e ele sabe disso e se aproveita o máximo que pode pra inflar o próprio ego e ter sempre para onde voltar nos momentos convenientes. Onde você imagina que ele está agora enquanto você está aqui comigo nessa ligação? – O olhar de Bailey me faz questionar tudo nesse momento, um questionamento doloroso.

— Eu não quero pensar nisso, Bai, não consigo. – Eu digo chorando.

— Eu sei que vai doer ouvir isso, tá? Mas eu quero ter certeza de que você sabe, Cici, que o Ryan está por aí com outra pessoa, ele não está sofrendo e ele não se importa se você está.

Por mais duras que sejam as palavras de Bailey, que pareceriam quase cruéis se fossem ouvidas por um terceiro ouvinte desavisado dessa conversa, eu sei lá no fundo que elas são necessárias para começar a matar aos poucos o sentimento monstruoso que eu alimentei pelo Ryan dentro de mim, e Bailey me conhece o suficiente para saber que eu preciso disso, que eu preciso que alguém me ajude a começar a apunhalar esse monstro, porque sozinha eu não conseguiria fazer isso.

Nos minutos seguintes de ligação eu só choro enquanto Bai me olha do outro lado da tela com uma expressão de quem quer me abraçar, e se eu pudesse fazer qualquer desejo no mundo nessa hora desejaria que a tecnologia já fosse avançada o suficiente para me teletransportar em segundos para uma cidade com mil e quinhentos habitantes que está a milhares de quilômetros de distância de mim, mais especificamente para o quarto cor de rosa com cheiro de Jasmin da minha melhor amiga, para a casa branca com florzinhas amarelas no jardim, para a cozinha com cheiro de biscoitos e o abraço da pessoa de quem eu mais sinto falta nesse momento.

– Obrigada por sempre estar comigo, Bai... Eu sinto tanto a sua falta. – Eu digo me acalmando dos soluços, as bochechas ainda encharcadas pelas lágrimas.

– Também sinto sua falta, Cici. Muito mesmo! Eu vou me planejar pra te visitar em Boston antes do natal, tá? Prometo!

Com essa frase eu me lembro de mais um assunto mal resolvido, e com a voz voltando a ficar trêmula junto dos meus lábios, começo a reintroduzir Bailey em mais um dos problemas de origem Ryan.

– Nós tínhamos planejado uma viagem pra Itália nesse verão. Seria daqui a dois dias...

– Que droga, Cici! E aí? Vocês já conversaram sobre isso?

– Sim. Ryan me enviou uma mensagem dizendo que não vai, que vendeu a parte dele da viagem para o melhor amigo, e que ele é quem vai comigo. – Eu digo secando com a manga do casaco mais algumas lágrimas indesejadas.

– Quando eu penso que ele não tem como ser pior, ele me surpreende. – Ela diz revirando os olhos e colocando a mão na testa. – O cara pelo menos te conhece? Ele é legal?

– Nós mal nos falamos, eu não sei nada sobre ele além de alguns boatos que rolam na faculdade, absolutamente nada que me faça pensar que ele vai ser uma companhia pelo menos suportável por duas semanas em outro país dividindo o quarto comigo. Estou pensando em não ir...

– O quê??? – Bailey praticamente grita do outro lado. – Não, Cecília. Você precisa ir. Olha, eu sei que tá doendo, tá? Mas eu sei que você não é rica e com certeza economizou horrores pra fazer uma viagem assim, e agora vai jogar tudo fora por causa de um cara que não vale o chão que pisa? E afinal, é a Itália, se o cara for mesmo um pela saco como o Ryan, deixa ele no quarto e vai viver sua vida de um lado enquanto ele vive a dele do outro, quem sabe você não conhece um gatinho italiano com amigos italianos pra me apresentar, hein? – Ela diz, tentando me animar. – Cici, o Ryan não presta, ele não vale seus sacrifícios. Não perde essa oportunidade.

Uma das razões para eu confiar nas palavras da Bailey a respeito do Ryan é o fato de que ela não gostou dele desde o primeiro dia em que se viram. Apesar da aparência e do dinheiro, Bailey não se deixava levar pelo charme de prefeito dele e não era convencida tão facilmente quanto os outros, além de, claro, fazer parte da minha vida há tanto tempo que eu confiaria em provavelmente 100% das coisas que ela me dissesse, inclusive que aliens existem e que moram no celeiro do senhor Filt, coisa que ela fez quando tínhamos nove anos e acabamos pegando no sono dentro do lugar tentando capturar os coitados dos alienígenas. Há alguns anos, Bailey veio me visitar nas férias e passou uma semana comigo, e foi tempo suficiente para ela ir embora me pedindo para ter todo o cuidado do mundo em relação ao Ryan, afirmando que ele não era um cara suficientemente bom para mim e que eu merecia mais. Foi um verão divertido cheio de passeios por Boston, risadas, sorvete, segurar vela para a Bailey beijar vários caras em festas desconhecidas a que fomos em cantos escondidos da cidade que ela encontrou estando aqui há duas noites e eu não tinha escutado falar estando aqui há anos, um verão bem Bailey e Ceci que deixou muitas saudades e que também estava estampado no mural atrás da cama dela em várias polaroids que tiramos.

– Eu sei que eu deveria ir, e eu queria ter forças pra ir, vontade de ir, mas só de pensar parece que cada vértebra do meu corpo começa a doer. – Digo apoiando minha cabeça nas mãos deixando só meu cabelo aparecer na chamada quando ouço a porta do apartamento abrir. – Bai, preciso desligar. Obrigada por me ouvir, você é sempre a melhor.

– Prometa que vai pensar sobre a Itália, Cici. Que vai considerar. – Ela ergue o mindinho, coisa que fazemos desde criança quando prometemos algo uma à outra.

– Eu vou considerar, Bai, só porque você tá me pedindo. – Levanto a cabeça dando um sorrisinho leve.

– Eu te amo! – Ela acena um tchau com uma das mãos, um sorriso leve no rosto e um olhar carinhoso.

– Também te amo, Bai. – Aperto o botão vermelho que finaliza a chamada e inicia um período de pensar e repensar em todas as vantagens e desvantagens de passar minhas férias quase todas com um cara que é praticamente um ser mais estranho para mim do que os aliens imaginários de New Forest.

Depois de desligar a chamada com Bailey, deito na cama encarando o teto branco do meu quarto, as mãos sobre a barriga, na cabeça uma balança com prós e contras.

Prós:

1. É a Itália.

2. Vou estar bem longe de Ryan e vou poder fingir que não nos conhecemos e que ele não partiu meu coração.

3. Não vou jogar meu dinheiro fora.

4. Vou poder ler meus livros em paz, já que provavelmente não vou ter ninguém para conversar.

Contras:

1. Vou estar com um completo estranho.

2. Não vou poder começar a chorar na hora que eu quiser sem parecer uma maluca na frente do estranho.

3. Vou ter que dividir o quarto com um estranho.

Coloco minhas mãos no rosto e solto um gemido, um sentimento de raiva e tristeza tão grandes que mal consigo mensurar de verdade os benefícios de estar na Itália com a vitamina D entrando pelos poros da minha pele e me causando qualquer mísero sentimento de felicidade. Respiro fundo e chego à conclusão de que nos meus prós e contras fajutos, a lista de prós ganhou com quatro itens contra os três da lista de contras. Eu sou uma pessoa justa, e um pouco contra a minha vontade física eu decido que eu vou sim nessa viagem que talvez seja a pior da minha vida, mas que preciso estar lá para saber.

Vou até a porta do quarto e viro a fechadura, ando pelo corredor do apartamento e chego na sala onde está Ivy, sentada na bancada que dá direto para a cozinha comendo bolinhos de morango com creme que sujam sua boca e suas mãos.

— Ei, Ceci. Como tá se sentindo? — Ela tenta parecer animada enquanto fala com a boca meio cheia tentando limpar rápido o canto dos lábios sujos.

— Estou… indo… — Cruzo os braços e encosto minha cabeça e meu quadril na parede ao lado dela, meu cabelo ondulado caindo um pouco sobre o meu rosto, uma voz baixa e um sorriso quase tímido. – Bom, eu conversei com uma amiga quando você saiu, lembra da Bailey? Ela veio me visitar um tempo atrás.

– Claro que lembro, ela é linda e muito legal, é a dona do Ice, não é? – Ela se lembra animada do cachorro de Bai.

– Isso mesmo. – Eu digo quase sorrindo.

– E isso te fez sentir melhor? Conversar com ela.

– Fez, sim... a Bailey sabe pegar nos meus pontos fracos e fortes – eu dou uma risadinha de leve e Ivy retribui. – Mas eu meio que preciso da sua ajuda agora.

– Claro. Como eu te ajudo? Eu só não posso cometer crimes contra Ryan ou qualquer outra pessoa, senão, não consigo me formar. – Ela fala levantando em um pulinho do banco alto com uma voz animada e rindo.

– Bailey me convenceu a ir para a Itália.

– Aaaaah que notícia ótima! Sempre gostei dessa garota! – Ela diz batendo palminhas e dando saltinhos animados, o que me faz fechar os olhos e sorrir um pouco achando a situação engraçada e fofa.

– Pois é. Não é exatamente o que eu pensei, mas... Eu vou. – Digo sorrindo e ficando totalmente de pé. – Mas eu preciso de ajuda com a mala, eu realmente não estou com a menor cabeça para pensar no que levar, e não estou tão confiante a ponto de achar que vou fazer a mala e não esquecer nada essencial. Você me ajuda a fazer isso? Arrumar a mala...?

– Óbvio que sim! – Parece que ela estava esperando esse convite desde sempre. Ivy pega minha mão e me puxa em direção ao meu quarto.

– Você precisa de roupas sexys, roupas de verão, confortáveis, e lingeries bonitas. – Ela abre meu armário e gavetas em busca do que procura.

– Meu deus, Ivy, o que você acha que eu tô indo fazer lá? – Dou quase uma risada. – Eu não vou mais com o Ryan, lembra?

– Lembro, e é exatamente por isso. Eu nunca faria você desperdiçar uma lingerie sexy com Ryan. – Seu rosto com uma expressão de desgosto. – Mas pelo que você me contou, você vai com o gato do melhor amigo dele, não é? E tudo acontece na Itália! – Seu olhar me encarando malicioso.

– Não sonha! – Eu rio, incrédula. – Eu nem conheço o cara, além de ele ser o mais galinha dos galinhas e nós nunca termos trocado meia palavra, sem falar no pequeno detalhe de ele ser melhor amigo do meu namorad… – Paro a frase antes de terminar e abaixo a cabeça. – ex-namorado.

– Eu sei, eu sei… Só tô brincando, tá? – Ela sorri parada perto da minha cômoda enquanto eu sento na cama. – Não vamos abaixar o astral. Eu sou especialista em arrumar malas que fazem de uma viagem qualquer uma viagem dos deuses! Onde tá sua mala?

Aponto pra cima do armário, e Ivy puxa minha mala verde abacate da parte mais alta do guarda-roupas e a abre em cima da minha cama bem ao meu lado.

– Tenho liberdade pra montar tudo do meu jeitinho? – Ela diz animada e sorrindo.

– Por favor. Eu não quero nem pensar direito nessa mala, se não é capaz de eu desistir dessa viagem.

Enquanto Ivy revira toda a minha cômoda tirando peças, algumas com cara de aprovação e outras com cara de reprovação, eu decido que está mais que na hora de encarar o aplicativo da companhia aérea e fazer meu check-in, preencho o mais depressa possível todos os meus dados e meu cartão de embarque está, em minutos, na tela do meu celular, o que me dá um leve embrulho no estômago mas ao mesmo tempo um alívio, como se um passo dessa longa jornada de superação obrigatória já tivesse sido vencido.

Depois de algumas horas tirando e colocando itens na minha mala, correndo do banheiro para o meu quarto, do meu quarto para o quarto dela, Ivy anuncia que a minha mala está pronta. Me sinto um pouco culpada por ela ter feito tanto sozinha, mas essa culpa vai se dissipando quando eu percebo que ela está tão animada quanto aqueles apresentadores de programa de moda quando precisam montar o visual de alguém.

– Vamos fazer um raio-X dessa mala, Ceci, assim você vai saber o que tem para usar, as opções, ok? – Ela diz de pé na minha frente, com uma postura de quem sabe exatamente do que está falando, realmente animada com a situação. – Coloquei vestidinhos soltos, lisos e florais, alguns shorts jeans e outros de tecido, umas blusinhas mais finas e outras que encontrei de tricô, mais grossinhas, vai que você precisa sair à noite e o tempo esfria, né? – Ela diz tudo com propriedade e eu observo o que é dito sem conseguir ver alguns itens que já estão no fundo da mala. – Calcinhas e sutiãs estão aqui – ela aponta para uma

Tudo acontece na Itália   25

bolsinha amarela linda que buscou no quarto dela e colocou em um dos espaços disponíveis da bagagem. – Pode ficar com a bolsinha pra você, eu nunca usei. Os sapatos estão aqui – ela diz, apontando para outro compartimento. – Coloquei um salto alto, uma sandália e um all star, itens diferentes para ocasiões diferentes.

Enquanto Ivy fala animada, eu posso sentir que entre nós duas nasce um carinho singelo, depois de tudo que ela vem fazendo por mim nos últimos dias eu tenho certeza de que posso considerá-la alguém em quem confiar, alguém de quem eu gosto, bem diferente do que Ryan me fazia sentir e pensar a respeito dela e de tantas outras pessoas. Na minha cabeça também passam alguns pensamentos e questionamentos sobre onde ela acha que eu vou usar um vestido de seda vermelho e um salto alto na Itália, viajando sozinha e em depressão pós-termino, mas ela está tão animada que eu não quero interromper ou questionar, afinal, basta que eu chegue no hotel, vista um pijama e mofe dentro do quarto enquanto o meu indesejado parceiro de viagem vive sua vida fazendo sabe-se lá o quê, bem longe de mim. Depois de toda a explicação detalhada de Ivy e a mala fechada e trancada com um cadeado cor de rosa, é hora de escolher uma roupa para usar no caminho até o destino da viagem e finalmente ir dormir, então minha ficha cai. Em dois dias estarei entrando em um avião para viver dias estranhos e possivelmente tristes.

– Obrigada, Ivy. Mesmo, eu nem sei como te agradecer. – Digo sorrindo para ela.

– Me agradeça transando com um italiano bem gostoso, que tal? – Nós duas rimos, minha risada saindo pela minha boca pela primeira vez em tanto tempo.

– Isso não vai acontecer, mas eu te trago um souvenir, pode ser? – Sorrio segurando sua mão.

– Tá, Ceci. Tá! Eu aceito isso também. – Ela diz revirando os olhos e rindo.

Depois de toda a arrumação, Ivy me convida para jantarmos juntas pela primeira vez e nós conversamos sobre coisas que nunca tínhamos falado antes. Ela me conta, entre garfadas, que é filha única, que sempre morou em Boston e sobre o desejo de estudar na Universidade de Boston desde sempre porque sua mãe estudou lá. Com os olhos marejados ela me conta que Cinthia faleceu de câncer quando ela tinha só seis anos, e que ela pensou que estando na universidade onde a mãe esteve se sentiria mais próxima dela de alguma forma. Ela fala sobre a relação boa que tem com o pai, e do quanto foi difícil sair de casa, mesmo que ele ainda more perto, para seguir os próprios sonhos. Me fala detalhes sórdidos sobre os caras da faculdade, e que a maioria dos boatos sobre ela ter ficado com tantas pessoas é mentira, mas diz com confiança que se fosse verdade ela não teria nenhum problema com isso e que facilmente ficaria com todos eles mesmo, se eles fossem realmente gatos e interessantes, coisa que não são quase nunca. Como é de se esperar, eu não me abro muito, percebo que Ivy gosta de falar e nesse momento eu agradeço muito por só ouvir.

Depois de comermos juntas ela me chama para sentar no sofá e ver um filme comendo pipoca. Assistimos um filme de terror que, de acordo com os argumentos dela, não pode piorar o meu humor, descobrimos que somos fãs da Summer Ose, uma atriz lindíssima e brilhante que faz a personagem principal fugindo de um cara que é um stalker e um assassino, e depois de falarmos horas sobre isso decidimos ir dormir, as dez da noite.

Quando entro no meu quarto, abro meu armário e minhas gavetas para ver quais roupas sobraram depois da passagem do furacão fashion por ali, na intenção de escolher uma roupa confortável para ir ao aeroporto. Na gaveta de cima encontro um blusão que eu adoro, na de baixo pego um short jeans e um cinto e no armário pego um tênis all star preto, pego minha mochila e coloco meus itens básicos de sobrevivência dentro, minha câmera, meus documentos, minhas chaves e dois livros para me fazerem companhia. Depois eu deito na cama e penso pelas próximas quatro horas no quanto essa ideia é estúpida e em desistir dessa loucura, até pegar no sono e acordar no dia seguinte com o sol me despertando outra vez.

Na manhã da véspera da viagem eu não tenho muita coisa para fazer. Ivy sai com Nicolas, que está aparecendo com muita frequência no nosso apartamento e nas nossas conversas, o que me faz pensar que eles também vão aproveitar meus dias fora, então eu decido dar uma arrumada rápida, dentro dos limites que meu corpo sem vontade de se mexer permite, no meu quarto, tiro toda a roupa de cama, coloco uma roupa limpa, varro os cantos que consigo ver, balanço o tapete e as cortinas, passo um espanador nos móveis e organizo alguns objetos que estão fora do lugar, não quero que Ivy tenha esse trabalho e posso apostar que ela iria fazer isso enquanto estou viajando.

No resto do dia resolvo que a melhor ideia possível é ficar no meu quarto lendo e pensando o mínimo possível no que está para acontecer no dia seguinte, já que eu sinto que posso desistir a qualquer instante, e é o que faço até finalmente pegar no sono, imersa em romances que no momento me dão raiva e ansiedade.

Capítulo 2

Quando o relógio desperta às oito da manhã, percebo que peguei no sono enquanto lia. Abro meus olhos devagar estendendo a mão para desligar o alarme do celular na mesa ao lado da cama, tiro o livro de cima do meu rosto e encaro o teto por alguns minutos tentando manter o controle dos meus sentimentos e arrumar coragem para levantar e enfrentar o que eu sei que vou precisar enfrentar, pensando no quanto essa viagem significa um ponto final de fato na minha relação com Ryan, um corte na nossa conexão que ele decidiu dar, e reflito que talvez por isso mesmo eu não esteja querendo realmente ir, que talvez seja esse o motivo de eu estar querendo desistir, com a esperança de que se eu ficar ele pode voltar e tudo pode retornar ao que era antes de ele terminar comigo. Esse pensamento é um impulso suficiente para me levantar, uma chama bem pequena de bravura desperta no meu peito e eu resolvo que eu vou fazer o que me propus a fazer. Nesse momento sento na beira cama, pego meu celular e vejo o nome de Ryan na tela: ele mandou uma mensagem enquanto eu dormia.

Tentando controlar a rapidez, mas já sentindo as batidas do meu coração acelerarem, desbloqueio o celular e leio palavra por palavra. Na minha cabeça algumas possibilidades já se formam antes que eu consiga controlar; *ele está pedindo para voltar, está pedindo desculpas, está arrependido, ele está me dizendo que vai comigo para a Itália, que tinha sido um idiota e que não pode viver sem mim.*

> *"Dylan já está com a passagem. Ele vai te encontrar no portão de embarque no aeroporto. Sinto muito por não ir, mas Dylan vai cuidar de você."*

É tudo o que a mensagem diz. Nesses momentos parece que Ryan quer garantir que eu ainda esteja sofrendo por ele. Ele demonstra amor, carinho e cuidado nas palavras, mas nas atitudes está fazendo exatamente o contrário. Isso me deixa confusa e presa a ele, e por isso eu resolvo que não vou responder essa mensagem nem nenhuma outra que venha dele de agora em diante.

Finalmente eu levanto da cama, tomo um banho e coloco a roupa que escolhi há dois dias. Pego minha mochila e saio do quarto arrastando minha mala. Antes de sair abraço Ivy e me despeço de Nicolas, Nic, agora que estamos cada vez mais amigos, que está sentado na mesa montando um quebra-cabeças que ele comprou para montar com a Ivy.

— Se cuida e se diverte, ok? O máximo que você puder. Não é todo dia que se está na Itália! — Ivy sorri animada enquanto me dá um abraço e se afasta para me olhar.

— Pode deixar! — Eu retribuo o sorriso e o abraço e saio pela porta rumo ao meu carro.

Desço as escadas carregando a mala pesada e já me arrependendo de ter deixado Ivy caprichar tanto nas possibilidades de combinações que eu poderia querer usar nessa viagem. Saio pela porta do prédio e atravesso a rua caminhando até meu pequeno carrinho creme, minha primeira aquisição depois de muito trabalho duro assim que cheguei em Boston, que fica sempre estacionado ali no mesmo lugar. Jogo a mala no banco de trás, minha mochila no banco do passageiro, sento no banco do motorista, coloco o cinto, ligo o rádio e vou o mais depressa possível, dentro do limite de velocidade, porque não quero perder o horário do embarque e a coragem, já que ambos estão se esgotando cada vez que o ponteiro do relógio se move.

Chegando no aeroporto, já bem próximo da hora do embarque, corro pelo corredor carregando a minha mala, e quando estou chegando no portão vejo Dylan de longe, sentado de um jeito despreocupado, largado, usando uma calça jeans clara, uma camisa branca e óculos escuros, o cabelo bagunçado, os braços cruzados e uma postura que eu não sei reconhecer se é resultado de um estilo despojado ou de uma ressaca.

Vou diminuindo a corrida e chegando mais perto dele, a cada passo que dou sinto que está se tornando realidade o fim da minha relação com Ryan, mas agora eu já sei que isso vai acontecer, e já está doendo há tantos dias que eu sinto que a dor e eu já somos conhecidas íntimas, e ela não me incomoda tanto ao ponto de me parar agora.

— Oi... — Digo me aproximando dele e me inclinando para espiar atrás dos óculos e ver se ele está de olhos abertos. Nesse momento noto que os óculos escuros são só um disfarce para o sono que ele está colocando em dia bem ali. — Oi! — Falo mais alto cutucando o braço dele com o indicador e recuando de volta para a minha mala, segurando a alça com as duas mãos.

– Oi! – Ele diz tomando um susto. – Oi...

– Oi... – Digo meio sem graça, olhando para ele e para os lados, evitando contato visual.

– Oi... – Ele me responde, repetitivo, me causando uma leve irritação já tão depressa.

– Você... estava... dormindo? – Pauso as palavras, tentando não parecer intrometida e acabando com a infinidade de "ois" que aparentemente iríamos falar nos próximos minutos se eu não mudasse o rumo da conversa, se é que podemos chamar assim.

– É... – Ele se ajeita na cadeira, arrumando a roupa e tirando os óculos, mostrando os olhos mais azuis que eu já vi. – Eu cheguei aqui muito cedo, então... é, eu acabei pegando no sono. – Ele parece despreocupado e um pouco sem graça, mas sem se importar muito com meu olhar de julgamento.

– Muito cedo? São nove horas... – Não consigo evitar o tom de surpresa.

– Pois é... – Uma coisa que eu acho que é uma risadinha sai da sua boca. – Eu meio que vim direto pra cá de outro lugar.

Então eu finalmente entendo que o galinha que vai viajar comigo com certeza estava dormindo com alguém antes de vir me encontrar para viajarmos juntos, a julgar pela roupa amarrotada e a marca de batom no colarinho. Não que eu me importe, não estou absolutamente nem aí, mas seria bem menos pior se eu pudesse dividir essa viagem com alguém com um pouco mais de respeito e senso e que preferencialmente não cheirasse a álcool às nove da manhã. Esse pensamento me faz rir quando penso que nesse caso eu não poderia viajar nem com Ryan, o que me causa um pouco de conforto e me ajuda a lidar melhor com a situação.

– Bom... – Pigarreio. – Acho que é isso... vamos passar esses dias juntos nessa viagem. – Ele me olha levantando uma das sobrancelhas quando me ouve. – Não! Não! Não é isso que eu quero dizer. – Me altero sem querer e tento corrigir o erro, balançando as mãos.

– Calma, relaxa. – O sorriso dele é bonito de um jeito que eu nunca notei, o que me irrita outra vez. – Eu entendi. Só tava brincando. Você era a garota do Ryan, garotas do Ryan pra mim são homens. – O cheiro de álcool chegando até mim.

– Garotas? – Faço uma pergunta quase retórica, com o gosto amargo da raiva e da decepção subindo pela minha garganta, meu rosto ficando do sério e triste ao mesmo tempo.

– É... quer dizer... não que ele... – Sua voz gagueja. – Me desculpa, eu não queria dizer nada ou ser indelicado. – A preocupação aparecendo bem de leve no tom da sua voz.

– Deixa pra lá. – Meus olhos inevitavelmente se enchem de lágrimas, então viro de costas, aperto a parte inferior dos olhos com as mãos na intenção de que as lágrimas caiam de uma vez pra que eu possa limpá-las o quanto antes. Em uma fração de segundos eu me recomponho e viro de volta para Dylan e o vejo me olhando com um olhar que eu não consigo interpretar, um significado escondido atrás de o que parece ser pena misturada com bastante vodka, pelo aroma que ele exala em pelo menos um raio de cem metros. – Não importa.

– Olha, eu realmente... – Ele tenta consertar, seu fedor me alcançando.

– Eu disse que não importa. – A rispidez toma conta da minha voz.

Faltam 15 minutos para o embarque começar quando o clima fica estranho entre nós, eu sabia que isso acontecer, mas não imaginei que seria tão cedo. Sento ao lado de Dylan no único lugar vazio que tem na área de espera e fico me perguntando como eu vou suportar isso por duas semanas, mas tento não pensar tão distante e decido que vou sobreviver devagar, um minuto de cada vez, assim talvez seja mais fácil. Tiro meu livro de dentro da bolsa e noto a movimentação das pessoas para embarcar, pego meu cartão de embarque e vejo de relance Dylan pegar o dele também e me sinto mais tranquila quando percebo que pelo menos ele teve o mínimo de responsabilidade. Entrego meu cartão na entrada e desço pelo túnel até estar no avião, Dylan vem logo atrás, impossível de passar despercebido com o cheiro horroroso de uma festa que provavelmente foi cheia de coisas nas quais eu não quero pensar pelos próximos dez anos, incluindo sexo. Depois de passar por todas as cadeiras, nós sentamos no fundo do avião nos acentos 26 e 27, o acento 27 ao lado da janela, para onde Dylan me dá passagem apontando as mãos para que eu ocupe a poltrona, o que me faz sentir um pouco menos de amargura porque eu adoro ficar na janela e assim vou poder ignorá-lo com a desculpa de estar apreciando uma bela vista. Nos sentamos e apertamos os cintos, Dylan sentado outra vez em uma posição largada, como quem não se importa, mas dessa vez sem usar os óculos. Enquanto eu encaro a pista de decolagem pela janela, posso sentir a sensação de alguém me observando, então ele começa a puxar assunto outra vez.

– 26 é meu número da sorte... – Ele diz enquanto olha para mim.

Viro meu rosto lentamente, uma expressão fechada, e sem responder volto a observar a pista.

– Olha, Cecília, eu sei que você não me queria aqui. Mas eu só queria fazer esse favorzão pro Ryan. – Repito o movimento anterior com o meu rosto olhando para ele e retornando o olhar para a pista, implorando por dentro para que ele só fique quieto. – Eu sei que já comecei dando uma bola fora, mas eu queria mesmo pedir desculpas, porque não queria que fosse assim, eu não sou um cara mala, eu juro.

Nesse momento eu percebo que não importa o que eu faça ou diga, Dylan vai de Boston até a Itália tentando puxar assunto comigo, se desculpar ou sei lá o que ele quer fazer, e por alguns minutos eu só fecho os olhos desejando não estar no avião ao lado dele. E como em um passe de mágica uma das aeromoças para na entrada do corredor do avião e anuncia no altofalante:

– Senhores passageiros, pedimos desculpa pelo incômodo. Por razões de segurança precisamos solicitar que um passageiro se retire desse voo e seja alocado no próximo com destino à Itália. Solicitamos que, se possível, um passageiro se ofereça voluntariamente.

Quase que gritando, tirando o cinto e levantando da poltrona eu me manifesto. – Eu! Eu! Eu vou! – Quase berro levantando a mão direita. Dylan me olhando com uma expressão de quem reconhece que errou e o resto dos passageiros me encarando de um jeito que me faz ficar um pouco vermelha.

– Venha comigo, senhora. – A aeromoça me chama com a mão e eu vou saindo do meu lugar sem ao menos olhar para Dylan e falando depressa a única informação que preciso que ele saiba.

– Nos encontramos no hotel. – Sem deixar ele protestar ou falar qualquer coisa eu saio correndo, dando só uma última olhada para a poltrona 26 e vendo Dylan colocar de volta os óculos escuros, se largar ali e apoiar o cotovelo no braço da cadeira com a mão direta na testa.

O caminho de mais de nove horas até a Itália é cansativo, mas ter dividido ele com Dylan teria feito tudo ser pelo menos dez vezes pior. Nesse tempo eu leio um pouco dos meus livros, escuto algumas músicas, driblando as românticas que podem me fazer chorar, é claro, e fico olhando as nuvens pela janela me preparando para pousar na Itália.

Quando pousamos no aeroporto, vou andando levemente preocupada até o portão de saída tentando descobrir como vou pegar um carro sem saber nada de italiano, um detalhe que eu não cogitei, já que Ryan sabe se virar no idioma, então torço para que eu consiga me comunicar bem com meu inglês e com meu livro de roteiro de viagem pela Itália que eu comprei há meses quando dei a ideia a Ryan de fazermos essa viagem.

Enquanto caminho pelo aeroporto com destino à saída, de cabeça baixa tentando ler algumas palavras do meu humilde livrinho de banca de jornal, escuto muitas pessoas falarem italiano, e dentre todas essas vozes uma delas vai ficando cada vez mais próxima de mim, uma que é mais familiar que as outras, então levanto a cabeça e dou de cara com Dylan. Eu estou tão imersa no livro que não noto quando acidentalmente paro tão perto dele que quase consigo ver os fios da camisa com detalhes. Dylan é mais alto que eu, o que me faz olhar para o peito dele nesse momento e ir levantando o olhar até encontrar seus olhos. Os óculos escuros estão na cabeça prendendo o cabelo loiro para trás, seu rosto parece mais acordado, a pele está rosada pelo sol e eu não consigo entender por que ele está falando tão bem italiano.

– Desculpa… Eu esbarrei sem querer. – Minha voz baixa enquanto seguro o livro na mão direita e a mala na mão esquerda. Estou olhando para ele de baixo e me sinto um pouco intimidada pelo corpo grande à minha frente, me sinto pequena mas de um jeito positivo, então decido que dar um passo para trás é a melhor decisão – Como você… – Eu tento falar apontando para ele e para o homem que está ao seu lado.

– Meu pai morou por sete anos na Itália, eu precisei aprender. – Ele fala sério e sem dar detalhes, como se já soubesse que isso iria me causar espanto.

– Entendi. – Noto o corte que ele dá no assunto, me recomponho e me afasto enquanto pigarreio.

– Nós não íamos nos encontrar no hotel? – Seu rosto está sério e seu tom de voz soa firme, mas não grosseiro.

– Bom, eu não sei falar italiano, meu pai com certeza não morou aqui, então eu meio que tô tentando me virar. – Balanço o livro com a mão e forço uma coisa parecida com um sorriso.

– Vem. Eu levo você comigo. – A expressão séria ainda emoldura o rosto dele.

Um carro preto e bonito para à nossa frente dentro de alguns minutos. Dylan pega a chave da mão do manobrista com quem estava falando quando cheguei, agradece com um sorriso e estende a mão com uma gorjeta que fez brotar um brilho sincero no rosto do rapaz, isso

Tudo acontece na Itália   35

me deixa feliz por dentro porque gosto de ver outras pessoas felizes, então Dylan abre a porta do carro para mim, sem cruzar seu olhar com o meu, olhando para qualquer coisa no horizonte, e a fecha evitando se comunicar visualmente comigo, coloca minha mala e a dele no banco de trás e se encaminha para a porta do outro lado.

O caminho até o hotel é silencioso, eu vou apreciando ao máximo a vista das estradas, algumas vezes me perdendo no pensamento de que eu deveria estar aqui com o Ryan, outras vezes sentindo que de alguma forma é melhor estar aqui sozinha, ou quase sozinha. Quando chegamos ao hotel, pego minha mala no banco de trás e vou subindo, Dylan entrega o carro para o manobrista e vem logo atrás. Paro por um tempo bem na entrada do prédio, é um lugar bonito, com uma estrutura antiga, tem paredes cor de rosa e detalhes brancos lindos no alto da fachada, o chão de azulejos decorados é reconfortante embaixo dos meus pés, eu tiro minha câmera da bolsa com uma das mãos enquanto seguro a mala com a outra e bato uma foto rápida tentando registrar o que meus olhos veem. Nesse momento, tenho a mesma sensação que tive no avião de que estou sendo observada, e percebo outra vez que Dylan está olhando para mim, mas agora, quando ele nota que eu percebi, se movimenta depressa, com sua expressão sóbria no rosto, para dentro do hotel.

Depois de fazer o check-in na recepção, nós pegamos o elevador e subimos para o quarto, um clima estranho e desconfortável entre nós dois, como já era de se esperar. Desde que nos encontramos pela primeira vez no aeroporto meu sentimento é de raiva e eu estou determinada a ser a pessoa mais insuportável em qualquer momento junto dele, mas chegando ao hotel, observando a pintura das paredes, os quadros que decoram o hall de entrada, os azulejos com desenhos azuis no chão, sentindo o cheiro de lavanda desse lugar, vou me esquecendo um pouco de com quem estou e o sentimento de raiva vai se afastando e dando lugar à tristeza, aquela dorzinha que já estava ficando de lado voltando e se encaixando em um buraco bem acima do meu estômago dentro do meu corpo.

Chegando no quarto, eu abro a porta quase esquecendo que Dylan vem logo atrás, dou alguns passos para dentro depois de virar a maçaneta e paro segurando a mala na frente do meu corpo como se ela fosse minha única amiga, olho em volta e respiro fundo. Uma cama grande cheia de cobertores brancos e fofos está bem ali em frente a uma janela quase tão grande quanto a cama, e sou puxada para ela vagarosamente, deixando minha mala no meio do quarto. É uma janela tão grande que quase alcança o teto, na frente dela há um tipo de bancada que permite que eu me apoie ali para olhar para fora o suficiente para me sentir tonta com o azul do mar se perdendo no horizonte. O quarto fica no sétimo andar e olhar para baixo não me parece a escolha mais inteligente, então me afasto e me viro para trás lembrando que não estou sozinha. Dylan está parado na porta, segurando um tipo de mala com alça no ombro, calado mas sem aquela expressão de pena no rosto que todas as pessoas que vem olhando para mim nos últimos dias tentam esconder e não conseguem, sua expressão é de quem sabe o que está acontecendo, mas de quem não vai falar absolutamente nada a respeito, de quem vai respeitar esse sentimento, o que por um segundo me fez sentir menos ansiosa em estar com ele durante esse período.

– Só temos uma cama... – Constato apontando o dedo indicador para a cama que está quase ao meu lado. Nesse momento ele olha para a cama e joga sua mala em cima de uma namoradeira que decora o espaço.

– Eu durmo aqui no sofá. – Ele diz ainda sério, evitando ao máximo olhar para mim.

– Esse sofá tem menos que a metade do seu tamanho... – Tento pensar em uma solução para o problema. – Se for assim é melhor eu dormir nele, pelo menos eu vou caber aí sem quebrar minha coluna. – Ele me olha rapidamente, com um olhar que parece dizer que essa é a ideia mais idiota que eu podia ter transformado em palavras.

– Isso não vai acontecer – Ele mexe na sua mala tirando uma muda de roupa. – Eu estou sujo e com certeza, você notou, fedendo muito a algum tipo de mistura de bebidas da qual eu mal consigo me lembrar. Eu vou... tomar um banho, ok? – Ele aponta para a porta do banheiro que fica bem em frente à cama, mas a uma distância considerável já que o quarto mais parece uma casa.

– Claro... não se preocupa, pode fazer o que você quiser, não precisa me dizer o que vai fazer. – Minha voz sai quase grosseira, mas essa não é minha intenção. Recebo o olhar surpreso de Dylan e uma expressão de quem acha minha reação minimamente engraçada no seu rosto, então ele vai em direção ao banheiro e fecha a porta. Minutos depois eu posso ouvir o chuveiro ligado e em mais ou menos dez minutos um homem novo sai pela porta, agora o quarto tem um perfume de banho tomado e de sabonete recém-usado, um cheiro que eu gosto.

Tudo acontece na Itália   37

Ele está usando uma bermuda e nenhuma camisa, e, sem conseguir evitar, eu analiso seu corpo que com certeza não é de se jogar fora, ele seca o cabelo com a toalha e isso me faz pensar em coisas totalmente inapropriadas para se pensar com o melhor amigo do seu ex. Imediatamente eu expulso esses pensamentos como se eles fossem uma praga ameaçando a existência da raça humana, então me viro e abro minha mala, o quarto em total silêncio, tiro de dentro um vestido verde florido, quase da mesma cor da mala, e vejo pelo canto dos olhos Dylan andar na direção da porta enquanto veste uma camisa branca.

– Eu vou... – Ele aponta para a porta e caminha quase de lado.

– Claro... óbvio... vai sim, aproveite a Itália já que está tendo a oportunidade. – Eu não estou conseguindo não soar grosseira, por mais que o sentimento dentro de mim não seja de raiva do Dylan, mas sim do Ryan, que tornou esse momento uma realidade.

No fundo eu gostaria de estar feliz por estar aqui com alguém, já que isso me soa melhor do que estar aqui sozinha. A solidão nunca me pareceu uma boa amiga, mas de alguma forma eu me acostumei com ela durante tanto tempo que dessa vez eu só queria que fosse diferente, então apesar de não ser Ryan dividindo o quarto comigo, saber que eu não estou sozinha aqui me faz sentir um pouco menos pior do que eu tenho me sentido nas últimas semanas.

Depois que Dylan sai, aproveito para tomar um banho e tirar todo o cheiro de avião do meu corpo. O dia está começando a escurecer, algumas horas me separam dos Estados Unidos e eu uso todos os meus primeiros momentos no quarto para pensar na dor que eu estou sentindo, na forma como eu estou sozinha e não consigo gostar disso e no que eu vou fazer para não entrar em depressão na presença de um desconhecido. Saio do banheiro ainda de calcinha, coloco meu vestido de tecido verde que está em cima da cama e decido que é uma boa ideia descer e explorar um pouco o hotel, que é gigantesco, afinal, meu dinheiro do inverno e do verão inteiro foi o que pagou essa viagem, já que mesmo tendo grana, Ryan não pareceu muito disposto a investir em passar um tempo comigo.

Desço de elevador e vou andando pela lateral do prédio passando por uma porta de vidro que me leva a um lugar bonito, parece uma mistura de pátio com mirante, a vista linda do mar e as árvores verdes me fazem sentir pela primeira vez que não estou em casa, mas estou bem. Do lado esquerdo, uma parede inteira de flores cor-de-rosa que quase não me deixam ver os tijolos que mantêm a estrutura de pé, como se o perfume das flores fosse o que realmente dá sustentação para o lugar. Noto que há lâmpadas penduradas no teto como um varal, várias delas, e como já está anoitecendo, quando eu entro ali elas começam a se acender, como se estivessem sendo acesas para mim. Na frente, uma grade baixa e preta nos protege do abismo que há embaixo. Eu chego bem perto, mas me mantenho em uma área segura observando todo o redor, me perguntando por que esse lugar tão bonito está completamente vazio em um hotel cheio de hóspedes em alta temporada. Depois de explorar o mirante, saio pela porta de vidro pela qual entrei e vou até um portão branco de ferro que fica logo em frente ao lugar onde estou. Ele dá direto no bar do hotel, e uma estrutura da parecida com uma barraca gigante está bem no meio de um pátio enorme coberto por um guarda-chuva gigante verde e várias mesinhas de madeira brancas em volta, algumas ocupadas e outras ainda vazias esperando os visitantes. Ainda do portão, meus olhos encontram Dylan, que antes estava escondido da minha visão por uma pilastra que compunha a estrutura do bar. Ele segura um copo de uma bebida amarela e conversa sorridente com uma mulher sentada no banco ao lado, eles não parecem se conhecer, mas pelas risadinhas consideravelmente altas dela eu percebo que ela era o plano de Dylan para não precisar dormir no sofá do nosso quarto. O único pensamento que me domina é que ele é exatamente o que eu havia imaginado e que pelo menos um de nós vai aproveitar a Itália.

Depois de tanta informação, volto para o quarto pelo elevador antes mesmo que ele consiga me ver, olho para a janela gigante com detalhes dourados e me lembro dos livros que eu trouxe na bolsa. Ando até a cama e busco um deles com as mãos, então caminho até a janela e dou um pequeno impulso para alcançar a bancada que faz parte dela, onde eu me sento e folheio só cinco páginas antes de Dylan abrir a porta do quarto e trocar um rápido olhar comigo. Ele anda devagar até a cama, se senta e tira os sapatos, enquanto eu me mantenho em silêncio encarando as folhas e vendo tudo o que ele faz pela visão periférica, quando noto que ele apoia o antebraço nos joelhos e junta suas mãos em frente ao corpo.

– Eu sei que começamos com o pé esquerdo. Eu sei que você queria estar aqui com o Ry... – ele para de falar quando me vê levantar devagar a cabeça para olhar para ele, entendendo o que quero dizer – com outra pessoa. – Continua: – Eu sei... mas eu vim... pelo Ryan. Eu

Tudo acontece na Itália **39**

meio que devia uma para ele, e ele me pediu para cuidar de você, ele pareceu não querer ser culpado caso você sumisse ou fosse raptada para ser vendida ou alguma coisa assim.

Nesse momento eu olho de fato para ele, a raiva subindo pelas minhas pernas que estão até então unidas servindo de apoio para o livro.

– Então foi pra isso que ele te mandou? Pra se livrar da culpa de uma coisa que nem aconteceu?

Dylan nota que talvez não devesse ter dito as coisas dessa forma e tenta consertar.

– Eu não sei exatamente o que ele quis dizer, na verdade… – Eu reviro os olhos e dou uma risadinha sarcástica voltando-os para o livro. Depois de um tempo de silêncio entre nós dois, Dylan tenta outra vez.

– Você também é da BU, não é? – Ele diz ainda na mesma posição, agora com uma voz mais neutra, tentando soar minimamente confortável. Com a raiva já se acalmando dentro de mim, eu correspondo à tentativa de conversa.

– Sou, sim… – E folheio uma página.

– Eu já te vi algumas vezes no corredor de ciências… Eu também estudo lá.

– Eu sei… Você é melhor amigo do meu ex. Eu já te vi várias vezes. – Eu digo um pouco ríspida. Dylan parece perceber que não vai encontrar uma abertura para conversa ou para nos entendermos, então ele se levanta devagar depois de encaixar os sapatos nos pés e vai andando em direção à porta outra vez. Tenho pouco menos de cinco segundos para decidir se quero ter as férias mais estranhas da minha vida ou se quero tentar fazer com que elas sejam minimamente menos desagradáveis.

– Dylan… – Ele para de caminhar e olha para trás com o rosto de quem já espera mais uma grosseria vindo em sua direção.

– Fala… – Sua voz sustentando sua seriedade.

– Olha só… Me desculpa, tá? Eu sei que você não tem muito a ver com essa confusão. – Eu digo colocando a mão na testa, jogando a cabeça para trás e respirando fundo. – Eu não queria ser grosseira com você ou desagradável, mas tem sido uma situação bem diferente do que eu imaginei.

Ele dá um sorriso compassivo que declara uma possível paz se aproximando entre nós.

– Eu entendo. Eu também passei por um término meio chato há pouco tempo. Mas não tenho a menor intenção de tornar suas férias infernais.

Quando escuto isso, não consigo conter a expressão de surpresa, me questionando sobre de quem ele era namorado se ele é o cara mais galinha de toda a Boston.

– Término? Quer dizer... Desculpa ser indiscreta, mas e todas as garotas da BU com quem você sai todo fim de semana? – Falo me virando para a frente, as pernas penduradas na bancada alta da janela.

Ao finalizar a frase, percebo o quanto ela parece mais invasiva sendo dita em voz alta do que quando ecoou dentro da minha cabeça.

– Nossa... me desculpa! – Eu digo depressa colocando a mão na boca. – Nossa, sério. Ignora totalmente a minha pergunta, você nem me conhece, que pergunta mais invasiva.

Ele solta uma risada contida enquanto eu tento me consertar.

– Olha, Cecília, nós vamos passar um tempinho dividindo o mesmo quarto. Eu vou te dar esse crédito de me perguntar algumas coisas... algumas! – Ele diz sorrindo, um sorriso quase sedutor que parece vir dele de forma totalmente não intencional. – Mas espera, que garotas? – Ele completa parecendo muito mais confuso do que eu com o questionamento dele.

– É... – Gaguejo quando não consigo exatamente explicar do que estou falando sem parecer a maior fofoqueira do campus.

– Tá certo – Ele diz rindo. – Deixa isso pra lá. Mas não acredita em tudo o que você escuta, Cecília.

Eu sorrio abandonando o pensamento que rondava minha cabeça antes de ele dizer essa frase.

– Tá bem... – Me sinto quase sem graça.

– Então... se vamos passar um tempo juntos, acho que podemos começar com o básico. – Ele diz enquanto estende a mão para mim. – Eu sou o Dylan.

– Cecília. – Meu rosto deixa claro o quão estranha e curiosa essa atitude é para mim. – Mas pode me chamar só de Ceci. – Eu aperto sua mão e continuo segurando o livro com a outra.

– Já tá quase na hora do jantar, e imagino que esteja com fome. Se quiser, podemos descer e continuar as apresentações enquanto comemos.

Esse convite me lembra do quanto minha barriga está roncando há horas e do cheiro bom que senti quando passamos pela área do restaurante para chegar até o elevador a caminho do quarto depois do check-in. Me questiono se há algum mal em jantarmos juntos e percebo que, se vamos mesmo passar dias aqui, é melhor que seja da maneira mais confortável possível, e o jantar pode começar a amenizar o clima péssimo que se instalou desde que nos encontramos no aeroporto.

– Ok... – Salto da bancada e vou até a cama, pego meu all star branco na mala e o calço rapidamente, puxo da minha bolsa uma pregadeira e prendo as partes da frente do meu cabelo atrás da cabeça tentando solucionar um pouco do calor que estou sentindo. Chegando ao restaurante, nós sentamos e o garçom vem nos atender; pedimos dois pratos e comemos, ambos com muita fome, como se não comêssemos há semanas, e entre garfadas nos apresentamos apenas com informações básicas que precisaríamos saber em casos de urgência. Uso Bailey como meu contato de emergência, escolho ela à Ivy porque Bailey é a única que conhece minhas origens, meus pais e que vai poder garantir que eu não seja enterrada como uma indigente solitária. Dylan me diz que para qualquer emergência que ele tiver eu posso deixá-lo por ali mesmo, sem me preocupar. Essa informação é dita junto de uma leve risada enquanto ele coloca mais comida na boca, mas percebo que tem alguma coisa por trás dela.

Depois de jantarmos, nós subimos ainda um pouco desconfortáveis com a presença um do outro, mas percebo que apesar dos pesares Dylan parece ser um cara legal por baixo de toda a imagem de quem não se importa com nada que ele tenta passar. Nós entramos no quarto, tomamos banho e vestimos nossos pijamas, cada um de nós ocupando o banheiro por alguns minutos, então começamos a nos aprontar para dormir já que é quase meia noite quando olho no relógio. Dylan pega um travesseiro da cama e um cobertor no armário e começa a se ajeitar na micro namoradeira que mal sustenta uma das pernas dele, com uma expressão claramente desconfortável, mas de quem está totalmente disposto e determinado a dormir ali pelos próximos dias.

– Dylan... você pode dividir a cama comigo se quiser. Pode ter certeza que eu não vou te atacar ou alguma coisa assim. Já basta o Ryan ter te metido nessa encrenca de estar aqui comigo, ninguém merece você também ter que sacrificar seu sono. – O pesar na minha voz tentando se disfarçar em uma risada.

– Não se preocupa, Cecília. Eu tô ótimo aqui. – Ele tenta se ajeitar na namoradeira enquanto diz. – E também não é nenhuma encrenca estar aqui. – O silêncio ocupa o quarto quando a voz dele se dissipa deixando essa informação no ar.

– Ceci… só Ceci. Não precisa me chamar de Cecília. – Digo olhando para o meu travesseiro que estou ajeitando na cama.

Depois de alguns minutos de silêncio, noto que Dylan decide deitar no chão, mesmo assim não insisto para ele deitar na cama já que seu desconforto sobre isso ficou claro na nossa última conversa. Com ele deitado no chão, fico na cama olhando para o teto, os detalhes brancos e dourados sendo gravados para sempre na minha memória nesse momento, penso em tudo sobre mim, e os anos passam na minha cabeça um por um, voltando em vários momentos; penso nas coisas de que eu gostava quando cheguei em Boston, em como eu era quando não estava com Ryan, em como minhas notas eram ótimas e meu nome sempre ocupava o quadro de honra das notas gerais, nos meus sonhos, e em como, apesar de tudo, eu era feliz quase sempre, até mesmo quando nem tudo ia bem ou saía como eu queria, eu me sentia mais forte, mais disposta, e isso me faz pensar em como Ryan parece uma doença. Na esperança de afastar esses pensamentos, resolvo puxar assunto com meu colega de quarto.

– Ei, Dylan. – Minha voz baixa preenche o espaço entre a cama e o chão na lateral dela. – Tá dormindo?

– Ainda não… – Sua voz grave e suave ressoa de volta. – O que foi?

– Não quero ser invasiva, e se eu for você pode me ignorar, tá? – Minha voz baixa falando as palavras devagar, esperando que elas sejam reprimidas a qualquer momento. – Mas sua camisa, aquela que você estava usando quando chegou, ela estava suja de batom… E hoje mais cedo eu te vi flertando com uma garota no bar. Não que seja da minha conta – Tento não parecer uma grande fofoqueira. – Mas… você disse que terminou um relacionamento ruim há pouco tempo… Como você já conseguiu superar assim tão depressa? Acho que estou precisando de umas dicas. – Uma risadinha baixa sai dos meus lábios e um silêncio paira no ar até que a resposta vem.

– Honestamente, eu não sei te responder. A pessoa que eu namorava fez uma coisa péssima, então acho que isso ajudou.

– Te entendo… Mas infelizmente esse fator não está ajudando por aqui, por pior que seja. – Digo sorrindo sem graça, um sorriso que Dylan não consegue ver, mas que também está estampado na minha voz.

Tudo acontece na Itália 43

– Você e Ryan não tinham uma relação legal, né? – Ele pergunta como se já soubesse a resposta.

– Tenho quase certeza que você sabe melhor que eu que o Ryan não era um cara legal. – Um leve tom de julgamento sai antes que eu consiga contê-lo.

– É... eu meio que imaginava. – Ele diz com um pesar na voz que eu consigo diferenciar das suas tentativas de ser indiferente.

– Imaginava? Ah, Dylan... vocês são melhores amigos. Ele devia te contar sobre as pessoas com quem ficava enquanto estávamos juntos. Pode ser honesto, não é culpa sua ele ser um idiota, e como amigo, entendo que você tenha se empenhado em guardar segredos.

– Eu nunca tive certeza. Ryan e eu somos amigos desde a infância, mas na realidade nossa amizade não é tão sólida quanto todo mundo pensa, e quando eu o via ficando com alguém e perguntava a respeito, ele sempre me dizia que vocês estavam dando um tempo ou que você tinha terminado com ele, o que eu duvidava, mas não tinha como ter certeza já que não nos falávamos. Se eu soubesse de alguma coisa que pudesse mesmo te ferir, teria encontrado uma forma de fazer com que você soubesse, mesmo que não fosse por mim.

Refletindo sobre o que ele diz, me lembro de todas as vezes em que Ryan e eu terminamos em três anos, mas noto que nunca havíamos dado um tempo, o que provavelmente significava que ele apenas usava isso como desculpa para que ninguém de fato me falasse que viu ele por aí pulando a cerca.

– Por que a amizade de vocês não é tão sólida assim? Eu achei que vocês estivessem sempre juntos, conversassem sobre tudo. E os encontros de vocês toda sexta à noite pra tomar cerveja, assistir futebol e colocar o papo em dia? Ryan sempre me abandonava na sexta por você, e a amizade de vocês não é tão sólida? – Pergunto, confusa.

– Ceci... Toda sexta eu viajo para a casa dos meus pais em New Port e passo o fim de semana inteiro com eles, é assim desde que eu fui morar em Boston há cinco anos.

Nesse momento o silêncio entre nós dois fala bem mais alto que qualquer voz, dizendo que nós sabemos exatamente o que isso significa, e essa informação entra como uma faca no meu peito, mas eu contenho as lágrimas e o sentimento de tristeza se transforma em raiva dentro de mim, e nem é de Ryan, mas de mim mesma por ter permitido que ele fizesse isso comigo durante tanto tempo, e essa raiva se expande a cada vez que penso em como eu era boa, inteligente, bonita, mesmo que diferente das modelos das revistas, e adorável antes de ele aparecer, coisas que há alguns dias eu não enxergava, mas agora posso ver mais claramente, e isso me faz perceber o quanto ele de fato não me merece.

— Obrigada por me dizer... — Minha voz sai baixa, mas agora está mais firme, agradecendo ao Dylan, que com certeza nem imagina o bem que acabou de me fazer.

Depois de mais algum tempo de silêncio ele tenta puxar assunto.

— Você é de Boston? — Ele pigarreia tentando soar desinteressado, sem sucesso.

— Não. Eu sou de New Forest, uma cidade absolutamente pequena que fica mais pro Sul. Você provavelmente nunca ouviu falar, não é?

— Não. Pra ser honesto, não. Mas sabia que você não era de Boston, seu jeito é diferente do jeito das pessoas de Boston. Como é lá na sua cidade?

Fico um pouco impactada com a opinião dele, pensando no que significa "jeito diferente", se isso é bom ou ruim, e na razão de ele parecer saber alguma coisa sobre mim, mas mantenho esses pensamentos comigo.

— É lindo. As paisagens são bonitas. Claro que tem mesmo muitas florestas, a cidade fica atrás de uma floresta gigantesca, com muitas árvores altas, essa floresta é o que divide New Forest de Saint Grace, uma cidade pequena vizinha que já estava lá antes de a minha cidade existir. Dizem as lendas de lá que o lugar era habitado por uma grande aldeia que se dividiu depois de dois irmãos brigarem pela liderança das famílias, então pra evitar uma possível guerra e a dizimação das famílias, eles chegaram a um acordo: o irmão mais velho construiu New Forest e cada um se tornou líder do seu próprio lar. Eles não visitavam as terras um do outro, mas o povo podia escolher onde viver e podia visitar ambas as cidades. — Dou uma risadinha me lembrando de quando ouvi isso pela primeira vez — Não sei se é verdade, mas a mãe da minha amiga Bailey contou essa história pra gente quando fugimos da casa dela uma vez e tentamos construir uma casa da árvore no meio da floresta. Gosto de acreditar que isso aconteceu mesmo. — Ouço a risadinha de Dylan no andar de baixo.

— É uma boa história. E você foi pra Boston porque...?

— New Forest era pequena demais pra mim, e ficava ainda menor quando dividida com os meus pais.

— Relação ruim?

Eu rio antes de responder, ainda olhando para o teto e repousando os dedos das mãos entrelaçados em cima da barriga.

— Ruim foi o suco de beterraba com melão que serviram lá embaixo pra gente. — Uma gargalhada escapa de mim — Minha relação com os meus pais... não existe, vamos dizer assim, pra simplificar. — O silêncio se acomoda outra vez, mas logo é interrompido.

— Eles não apoiavam seus sonhos ou algo assim?

— Pra ser bastante honesta mesmo, meu pai era basicamente um bêbado que batia na minha mãe pelo menos duas vezes por dia. Meu refúgio era a casa da Bailey, a família dela era quem tornava tudo menos difícil pra mim. Eu sempre tentava passar o máximo de tempo fora de casa lá em New Forest, voltava só pra dormir e quando Bailey não podia, por algum motivo, estar comigo na rua ou na casa dela, eu subia em alguma árvore na entrada da floresta e ficava ouvindo o barulho do rio, vendo o sol se pôr e ouvindo o barulho do relógio me levando de volta pra casa minuto por minuto, era torturante. — Minha mente pensativa vaga pelas memórias péssimas da minha infância e o cheiro do lugar ainda está fresco na minha lembrança. — Minha mãe nunca teve coragem de ir embora de lá, e eu entendo, ela precisava de dinheiro, precisava... sei lá, de alguma coisa que meu pai podia dar. Mas quando eu estava no ensino médio me esforcei ao máximo pra conseguir uma bolsa pra faculdade, não tinha outra opção pra mim, sabe? — Eu ouço o silêncio de Dylan e sinto que pela primeira vez é bom desabafar de verdade, então continuo. — Então eu ganhei uma bolsa pra estudar na nossa amada Universidade de Boston — dou uma risadinha. — Saí de New Forest o mais rápido que pude e a única ligação que ainda tenho com o lugar é Bailey e a família dela.

— Que bom que você tem a Bailey.

— É, é sim. Ela com certeza é muito importante pra mim. Mas e você? Como são seus pais?

De imediato Dylan me responde com uma voz suave e triste.

— Já tá muito tarde. Acho melhor a gente dormir ou não vamos acordar cedo amanhã.

— Cedo? Eu não pretendo fazer isso pelos próximos dias. — Rio tentando quebrar o gelo que Dylan jogou entre nós dois por uma razão que eu desconheço.

– Nós estamos na Itália. Eu sei que eu não sou quem você queria aqui, mas nós estamos. Então podemos aproveitar como amigos. Pra ser honesto, eu meio que gostaria de estar com uma amiga agora. – Ele diz com uma voz que parece sorrir e eu sorrio quando penso nisso.

– Eu vou pensar. – Digo ouvindo de novo o silêncio entre nós, quando noto que não fiz uma pergunta crucial. – Pera aí! Quão cedo, Dylan? – Mas ele já está dormindo ou fingindo dormir, me deixando sem resposta.

Depois de algum tempo eu também durmo, e só acordo no dia seguinte com o canto dos pássaros e os raios de sol iluminando o quarto, que pela primeira vez eu noto ser tão lindo e aconchegante. No momento em que abro os olhos vejo algumas coisas em cima da mesa, suco, alguns pães, frutas, então busco Dylan no chão, encontrando só a cor da madeira reluzente e nenhum fio de cabelo loiro, e nesse mesmo segundo ele entra devagar pela porta do quarto, quase flagrando minha busca, tentando não fazer barulho, quando olha pra mim e percebe que eu já estou acordada.

– Bom dia. – A expressão sóbria de sempre no seu rosto, mas dessa vez com um curto sorriso que ele não consegue evitar. – Eu trouxe algumas coisas caso você queira comer aqui no quarto, eu já comi lá embaixo.

– Nossa, obrigada. Não precisava. – Sorrio e sento na cama segurando o cobertor na minha frente.

– Come alguma coisa e se arruma. Ontem nós concordamos em conhecer a Itália, e eu sempre cumpro com as minhas promessas, por isso preciso que cumpra com a sua. – Sua expressão tranquila me deixa confortável.

– Eu não prometi nada. – Falo rindo.

Levanto e vou até a mesa na ponta dos pés, ainda sentindo uma brisa um pouco fria vez ou outra, sento na cadeira e como alguns croissants, um pedaço de morango e bebo dois goles do meu suco de laranja, e sinto que estou fazendo minha primeira refeição prazerosa depois de dias. Dylan fica o tempo todo sentado na namoradeira mexendo no celular, às vezes rolando a tela, às vezes parecendo responder mensagens. Quando acabo de comer vou ao banheiro levando comigo um short jeans claro, uma blusa branca fina de mangas e o mesmo tênis que usei na noite anterior, troco de roupa rápido, prendo o cabelo em um coque, passo só blush no rosto e encontro Dylan outra vez no quarto.

– Estou pronta. – Pego minha mochila de cima da cama e Dylan para imediatamente de mexer no celular quando chego mais perto, percebo que ele me analisa dos pés à cabeça, mas tenta disfarçar.

– Então vamos! – Suas mãos abrem caminho para mim em um gesto e nós saímos do quarto.

– Aonde nós vamos exatamente? – Pergunto curiosa, enquanto andamos pelo corredor, segurando uma das alças da mochila com uma das mãos.

– Passear por lugares bonitos o suficiente onde você consiga tirar suas fotos, fica tranquila. – Ele ri e eu confirmo o que já tinha suspeitado antes, ele estava me observado.

Retribuo o sorriso e nós descemos pelo elevador para a saída do hotel. Vou na direção dos carros assim que passo pela porta, mas Dylan me puxa pela mão.

– Não precisamos do carro. – Ele solta minha mão assim que percebe que a está segurando e guarda as suas nos bolsos.

Fico animada ao saber que o passeio é a pé, eu gosto de ver os lugares devagar, olhar os detalhes que quando passam depressa não consigo enxergar, gosto de criar histórias na minha cabeça sobre as coisas que vejo e refletir sobre o que já aconteceu nesse mesmo lugar onde eu estou acontecendo, milhares de anos atrás.

Descemos pela rua íngreme da entrada do hotel e caminhamos por pelo menos quinze minutos até eu começar a avistar ruas lindas que eu não sei nomear, mas não me preocupo com isso e tento só aproveitar a paisagem, as cores, o perfume, o momento. A primeira rua onde entramos é estreita, o chão é de paralelepípedos, o que me faz agradecer pelos sapatos confortáveis que estou usando, as paredes são repletas de flores amarelas e nas portas das casas há vasos de plantas que parecem as árvores de New Forest, só que umas milhares de vezes menores. Algumas bicicletas coloridas deixam o caminho ainda mais apertado do que já é e, como se o lugar não fosse perfeito o suficiente, depois de andarmos até o fim da rua chegamos a uma padaria que mais parece uma casa aconchegante e cheirosa, ela poderia passar totalmente despercebida se na vitrine não tivessem bolinhos de várias cores convidando quem passa a entrar. Enquanto fico me apaixonando por tudo o que meus olhos capturam, sem saber exatamente o que me encantou mais até agora, Dylan entra e compra dois bolinhos sem eu perceber. Ele volta segurando um bolinho branco com recheio de chocolate, todo coberto de chantilly, e outro bem mais simples, aparentemente de chocolate puro.

— Eu sei que esse aqui não é bem um ponto turístico. — Ele ergue a mão me entregando o bolinho coberto com chantilly — Mas é um lugar especial e bonito, além de ter os melhores bolinhos de toda a Itália. Não é uma pizza, claro, mas é surpreendente, não é? Encontrar os melhores bolinhos do mundo onde as pessoas costumam procurar sempre a melhor *lasagna*. — A forma como ele fala me faz acreditar que ele conhece bem esse lugar, e observo como ele parece confortável, diferente, como se ali não precisasse se esconder ou medir as palavras.

— Eu amei! Essa rua é linda, todos os detalhes, as bicicletas, mesmo que aquela ali quase tenha arrancado meu cotovelo. — Digo rindo, apontando para o arranhão que a bicicleta fez no meu braço há alguns minutos, e mordo o bolinho. — Que bolinho incrível! Eu preciso saber o que colocam aqui. — Nós rimos. — Essa rua é um belo lugar pra fotografar. — Reparo os detalhes em volta de nós dois.

— Vai em frente! — Dylan me incentiva e sorri enquanto come seu bolinho.

Coloco o resto da comida na boca que está ocupada demais para sorrir e deixo essa tarefa para os meus olhos, tiro minha câmera da bolsa e começo a clicar, uma foto da rua toda, uma foto do que vejo quando olho para cima, uma foto da bicicleta assassina, uma foto da vitrine e uma foto do Dylan sujo de bolinho colocando a mão na frente da lente para tentar fugir do flagrante.

— Isso deve ter ficado horrível, a minha foto. As outras devem ter ficado ótimas. — Ele quase ri, mas tenta se conter outra vez, como quem tenta resistir à quebra desse bloqueio entre nós.

— Só vamos saber quando revelar. — Sorrio e sigo Dylan, que continua andando pela rua. Fico me perguntando por que ele parece estar sendo legal comigo algumas vezes, e pensando no quanto gosto disso, porque eu realmente preciso que alguma coisa seja minimamente boa nessa viagem.

Como em um portal, depois de a rua ficar o mais estreita possível, nós passamos por um lugar que parece um beco, um arco do que parece um mármore escuro cinza cruzando nosso caminho, e do outro lado dele uma rua ainda mais bonita que a anterior me deixa boquiaberta.

— Pera, como é possível? — Minha expressão chocada faz com que Dylan quase ria do meu ar de surpresa. O que me deixa ainda mais em choque é o fato de que essas ruas em questão estão vazias enquanto todo o resto da cidade está movimentado, um truque que só alguém que conhece o lugar saberia fazer. – Me conta, como?

– Vamos dizer que... eu conheço a Itália, essa cidade e várias outras daqui. – Ele soa um pouco metido.

– Ah, claro. Você é rico, eu esqueci. – Ando pela rua ao lado dele sorrindo, um sorriso que some quando noto sua expressão um pouco triste depois de ouvir minha piada.

– Não tem a ver com isso... não exatamente. – Ele caminha de cabeça baixa.

– Não entendi. Acho que você precisa me contar mais detalhes. – Instigo que ele continue falando.

– Você sabia que em menos de dez anos Veneza pode desaparecer? – Ele tenta mudar de assunto e eu pego a deixa.

– Hum... sim, eu já ouvi falar nisso.

Por todo o resto da manhã nós caminhamos por ruas cobertas de flores cor-de-rosa, amarelas e roxas, paredes brancas, coloridas, um cheiro de perfume sendo inalado por nós o tempo todo, um melhor que o anterior, e conversamos sobre assuntos, profundos sobre mim e rasos sobre Dylan, mas eu não me importo muito já que preciso mesmo desabafar com alguém que não conhece a Cecília namorada do Ryan, eu preciso ser somente a Cecília agora, e esse momento me entrega isso. Dylan me escuta e vez ou outra nossos olhares se cruzam enquanto eu falo empolgada de alguma aventura que vivi com Bailey em New Forest ou sobre como foi minha mudança para Boston, quase uma fuga da cidade pequena como se eu tivesse cometido um crime, falo sobre meus apartamentos fracassados com colegas de quarto fedorentos, e sobre como reprovei em uma matéria no meu segundo semestre e achei que morreria por isso, muitas vezes Dylan ri das minhas histórias e desvia minhas autocríticas como se disfarçadamente tentasse me fazer enxergar pontos positivos ali, pontos que eu sei que estão ali, mas que ainda não consigo admitir. Entre um assunto e outro eu paro para bater uma dúzia de fotos e trocar o filme da câmera, e na metade do passeio Dylan começa a pegar a câmera da minha mão, me pedir para ficar em algum cenário e bater fotos de mim. Nesses instantes percebo que não sei bem como agir na frente da lente, percebo que nunca estive sozinha na frente da câmera de ninguém, só atrás registrando as belezas, momentos e felicidades alheias.

– Por que escolheu fazer Direto se pelo visto você ama outra coisa ? – Dylan balança minha câmera na mão.

– Isso é só um hobbie, Dylan. – Sorrio e tiro a câmera da mão dele, rodando o botão para bater uma nova foto.

– Desculpa ser tão direto, mas você não parece mesmo querer fazer Direito. E todas aquelas vezes que eu te vi no andar de Ciências? E eu já te vi espiando as aulas da turma de Belas Artes, Fotografia... – Ele diz andando com as mãos atrás do corpo enquanto subimos a milésima rua do dia.

– Quando eu fui pra Boston, fui com um propósito bem claro, mudar de vida. Na minha casa nós não tínhamos o básico, o dinheiro era sempre contado. Infelizmente é difícil escolher Fotografia quando você vê quanto os advogados ganham anualmente nos Estados Unidos. – Rio sem graça, parando de caminhar um pouco, e Dylan se posiciona ao meu lado. – Eu preciso fazer diferente, entende? Ser diferente dos meus pais.

– Sei. Sei muito bem como é querer ser diferente dos pais. – Ele diz deixando escapar meia informação sobre si mesmo. – E seu relacionamento com Ryan? Se for tudo bem pra você falar disso. – Seus olhos sobem do chão para encarar os meus e eu percebo que o nome de Ryan já não dói mais tanto quanto há alguns dias.

– Hum... Não, eu não me importo, se você não contar nada do que eu te disser pra ele. Ok? – Ele assente com a cabeça. – Quando cheguei em Boston eu estava sozinha, e também antes disso. Ryan me encontrou e tudo mudou desde então, eu tinha amigos, eu saía aos finais de semana e aquela solidão que dividia o apartamento comigo já não existia mais. – Minha voz baixa tirando aquele peso do meu coração.

– Posso te dizer uma coisa? Quer dizer... duas. – Ele sorri e vai andando até um tipo de banco que dá direto para uma vista do mar enorme e azul lá embaixo, e eu o acompanho.

– Pode... mas pega leve. – Nós rimos enquanto nos ajeitamos no banco, um ao lado do outro.

– Primeiro, Ryan e eu não somos mesmo tão amigos assim como todos pensam. Nós éramos, sim, amigos na infância e no ensino médio, melhores amigos mesmo, mas quando nós fomos pra Boston ele mudou muito. Na realidade, eu acho que ele meio que nunca foi uma pessoa realmente legal, mas quando ele se afastou dos pais e foi morar em Boston, ele teve espaço pra expressar a verdadeira personalidade dele, e vamos dizer que é uma personalidade que não me agrada muito. Mas eu sempre senti que precisava estar ali tapando os buracos que ele deixava abertos pelo caminho. – Ele diz enquanto eu absorvo todas as palavras surpreendentes, me perguntando se eu sou um buraco no caminho de Ryan que ele sente que precisa tapar. – E segundo... A sua relação com o Ryan, meio que não se parecia um pouco com a relação dos seus pais...? – Sua voz hesita e esse questionamento me pega como um soco no estômago, mas logo após recuperar o fôlego eu respondo.

– Não. É claro que não... Ryan nunca me agrediu. – Evito encarar Dylan enquanto digo isso, olho para a frente, mexo na câmera que está no meu colo, os sinais de ansiedade sendo expressos nos meus movimentos involuntários, uma voz alta berrando lá dentro do meu coração uma verdade que eu não quero admitir, mas que pelo visto Dylan vai explorar.

– Nunca te agrediu? E todas as vezes em que ele gritava com você nos corredores da faculdade? – Ele diz, tomando cuidado com as palavras. – E todas as vezes que ele te traía mesmo com você a poucos metros de distância? – Sinto seus olhos me fitando de um jeito amável e escuto sua voz baixa entrando pelos meus ouvidos.

É a primeira vez que alguém fala essa frase em voz alta e isso me causa enjoo e um pouco de falta de ar. Noto que é a primeira vez em dois dias que Dylan parece estar falando alguma coisa de um jeito honesto, sem se esconder; por alguma razão desconhecida ele parece não gostar do que ele sabe sobre minha relação com Ryan. Continuo encarando minha câmera, uma lágrima escorre do meu olho direito e uso as costas da minha mão para sumir imediatamente com ela.

– Desculpa por ter sido tão invasivo – ele fala baixo tirando os olhos de mim.

– Não, Dylan. Sério, tá tudo bem. É a verdade. Eu preciso encarar isso. É que é difícil, sabe, pensar que a pessoa que você ama... enfim... você sabe. É que eu sei que ele queria mudar todas as vezes que me prometeu.

– Você sabe ou tá tentando se convencer de que isso é verdade, Cecília? – Ele volta a me olhar e para logo em seguida.

O silêncio se instala por um momento quando Dylan resolve salvar o resto do dia.

– Já tá ficando tarde, nós estamos andando há quase cinco horas. – Ele ri. – Vamos voltar para o hotel e trocar de roupa, porque vamos sair de novo. – Ele se levanta e ergue as mãos para me ajudar a sair, então voltamos a seguir o caminho antes interrompido.

– Sair de novo? – Sorrio. – Pra onde?

– Você gostou do passeio de hoje? – Uma expressão de orgulho toma conta do seu rosto.

– Claro. Eu acho que nunca ia encontrar essas ruas sozinha. Inclusive, obrigada pelos bolinhos secretos. – Eu rio.

– Bolinhos secretos? – Ele ri comigo e continua. – Então só confia em mim nos próximos? – Ele me olha e assinto com a cabeça, achando tudo engraçado, e me esqueço da dor que tomou conta do meu peito há poucos segundos.

Voltamos para o hotel apenas por tempo suficiente para trocarmos de roupa. Dylan me diz que vamos a uma festa, por isso escolho o vestido vermelho de alças finas cujo comprimento fica um pouco acima do meu joelho, ele é solto embaixo e tem um corset em cima, e para combinar coloco o salto que Ivy escolheu para mim e passo um batom vermelho, abusando da cor que mais realça meu tom de pele e o castanho dos meus olhos e do meu cabelo. Me sinto animada e um pouco apreensiva, minha última festa não foi nada positiva, mas eu estou na Itália e nada pode acontecer de tão ruim.

Dylan se arrumou com uma calça creme, uma camisa branca bem solta e um sapato branco. Discretamente confiro e percebo que ele está mesmo muito bonito, então finalmente entendo a queda que as meninas costumam ter por ele em todos os lugares.

Ficamos prontos e descemos, saímos do hotel e entramos no carro de Dylan. Ele dirige por algum tempo, suficiente para eu gostar de ver suas mãos no volante do carro, até chegarmos a uma avenida cheia de bares, restaurantes com música e muitas pessoas conversando nas calçadas iluminadas. Dylan estaciona bem próximo do nosso destino misterioso e nós andamos até uma pequena portinha azul royal por onde sai uma música alta. Ele vai na frente e segura minha mão quando passa por mim para subirmos a escada estreita que nos leva ao local de onde de fato está vindo o som de um DJ muito bom. Chegando no andar de cima, Dylan solta minha mão e eu me posiciono perto de uma parede, então ele se aproxima do meu ouvido, me permitindo sentir seu cheiro bom e doce.

Tudo acontece na Itália   53

– Vou pegar uma bebida pra gente. O que você quer?

– Nada! – Eu quase grito por cima da batida da música que está transicionando de uma eletrônica para um pop. – Eu tô fora de álcool por um tempo. – Eu rio.

– Eu também! Vou pegar um suco pra mim. Tô dirigindo. – Sorrio quando ele fala isso tão próximo de mim. – Você não quer um coquetel sem álcool, refrigerante, suco?

– Tá bem, pode ser. Um coquetel sem álcool. Você escolhe o sabor. – Ele sorri, se afasta sumindo no meio da multidão e volta com dois coquetéis, um em cada uma das mãos, me entrega um cor-de-rosa e fica com um quase vermelho.

– Posso confiar em você? – Falo alto me inclinando para perto para que ele consiga me ouvir. – Ou você batizou minha bebida? – Dou uma risada.

– Claro que batizei. – Ele responde com uma expressão irônica e descontraída.

A noite está muito boa, apesar de eu estar me contendo para dançar nos cantinhos, as músicas que estão tocando são ótimas e ver pessoas felizes também me deixa feliz, o ambiente está cheio de pessoas que flertam entre si, beijam na boca de alguém e dançam muito, tanto que você pode ver o suor refletindo no meio da pista. Dylan está parado ao meu lado com uma das mãos no bolso da calça e a outra segurando sua bebida, nós estamos um pouco distantes um do outro, o que dá abertura para que várias mulheres se aproximem dele durante a noite, algumas colocam a mão em volta da cintura dele, fazendo com que ele pegue suas mãos e as afaste, outras chegam devagar e falam coisas no seu ouvido. Eu só tento desviar o olhar dessas cenas, mas ainda assim consigo notar o quanto as mulheres italianas são bonitas e seguras de si, elas nem piscam quando falam para ele um monte de palavras que eu mal consigo entender. Posso jurar que a última pretendente a abordá-lo foi impactante pela forma como ele olhou para ela, então noto que talvez eu esteja empatando sua diversão, além de não querer que ele fique de babá para mim.

– Você pode ir curtir a noite. Não precisa ficar aqui parado igual a um segurança. – Sorrio segurando mais um coquetel sem álcool.

– Não. Tá tudo bem. Eu tô bem aqui. Gosto desse lugar onde paramos. – Ele tenta parecer indiferente.

Eu analiso ao redor e noto que estamos praticamente na porta do banheiro, longe do DJ e bem mais longe do bar.

– Você gosta da entrada do banheiro? – Rio levantando uma sobrancelha.

– É... tipo isso. – Ele leva o copo de coquetel até a boca e sorri para mim. – Mas em uma coisa você tá certa. Eu não preciso ficar aqui igual a um segurança. Vamos dançar?

Ele me puxa pela mão enquanto reluto.

– Não, Dylan! Eu não sei dançar assim. – Aponto para as mulheres na pista e tento jogar o peso do meu corpo para trás, um peso totalmente irrelevante quando puxado por Dylan.

Antes que eu consiga piscar nós estamos no meio da multidão, Dylan mexendo o corpo devagar e eu quase morrendo de vergonha sem saber exatamente o que fazer. Eu sempre fui uma ótima dançarina, mas desde que comecei a namorar Ryan nunca mais dancei em paz em uma festa, então sinto que esqueci como se faz. Dylan pega uma das minhas mãos e larga nossos coquetéis em uma mesa próxima. Aos poucos começo a me mexer devagar, colocando a mão no rosto e rindo, vendo Dylan achar tudo muito engraçado.

– Não tem a menor graça! – Nós rimos juntos.

Uma das minhas músicas favoritas começa a tocar. *Lost in The Wilds* foi trilha sonora de muitos momentos empolgantes da minha vida, me sinto como se ela me convidasse a relembrar meus momentos mais felizes de quando comecei a morar em Boston e fui na minha primeira balada onde essa música se repetia pelo menos cinco vezes por noite. É o suficiente para eu começar a dançar me esquecendo de tudo ao meu redor, inclusive de Dylan; nesse momento eu sinto que não preciso de ninguém. Toda a multidão começa a pular no refrão e eu também, então eu pego a mão de Dylan e começo a trazer ele para o mesmo paraíso onde eu estou, lembrando que foi ele quem me levou até ali e me sentindo grata por esse momento. Juntos nós dançamos, pulamos e rimos um para o outro, o suor começa a brotar no nosso rosto e o fim da música se aproxima, eu me sinto totalmente disposta a vivê-la como se três minutos de música fossem três horas de festa, sinto um conforto e uma alegria que eu não sentia há muito, muito tempo. Conforme o fim da música vai se aproximando Dylan e eu vamos parando de pular, ainda rindo e de mãos dadas, mas nos soltamos logo que voltamos à realidade.

Mesmo que nesse momento um rápido clima estranho tenha passado entre a gente, nós rimos outra vez e dançamos a música seguinte, e a outra, e a outra, e dançamos tanto que as horas passam e eu nem lembro que existe um mundo lá fora. No final da noite nós já estamos dançando próximos, sem tanta cerimônia, como se a pista fosse um lugar onde nós podemos ser nós mesmos e fazermos o que der vontade, não importa se ele estar dançando atrás de mim pareça um pouco errado, inapropriado ou invasivo demais, ou se ele segurando minha mão durante uma música possa passar uma mensagem errada de que não estamos aqui como amigos, nada disso importa e nós só continuamos dançando com nossos corpos colados até notar que toda aquela gente que antes ocupava um espaço tão pequeno já foram embora deixando nós dois e mais quatro ou cinco pessoas que estão só bebendo e cantando as músicas aos berros.

Quando finalmente percebemos o quão tarde está e nossas pernas já doem demais resolvemos ir embora. Nós saímos do salão e descemos as escadas atrás de um homem bêbado que canta uma música em italiano e diz algumas palavras trocadas com uma voz completamente embriagada, juntos atrás dele nós tentamos conter o riso e Dylan inventa histórias sobre o que ele está falando em italiano, me fazendo rir ainda mais.

Nós saímos da festa, entramos no carro e voltamos para o hotel, chegamos tão cansados que mal conseguimos trocar de roupa. O dia já está amanhecendo então rapidamente colocamos pijamas e deitamos para dormir, eu na cama e Dylan no chão.

– É sério. Você pode dormir aqui se você quiser. – Eu digo sendo honesta e tentando não passar a mensagem errada na voz e percebo que ele começa a cogitar a ideia.

– Ok. Obrigado, eu vou aceitar depois de passar uma noite insuportável no chão. – Ele ri e deita ao meu lado, se preocupando em ocupar um espaço bem pequeno.

A cama é tão grande que para nos encostarmos nós teríamos mesmo que querer, isso me tranquiliza, então eu me encolho em um cantinho e ele no outro, ambos lutando para nos mantermos em uma distância respeitosa e segura.

Capítulo 3

No dia seguinte, quando abro os olhos noto que nos aproximamos sem querer durante a noite, minha mão está bem perto da mão de Dylan, uma memória afetiva que meu cérebro resolveu ter no momento mais inapropriado do mundo de quando eu dormia do mesmo jeito com Ryan. Antes que Dylan note, afasto minha mão da dele e me afasto por completo, e enquanto ele ainda está dormindo fico deitada na cama por alguns minutos me lembrando da noite anterior e do quanto ela foi boa, reflito sobre as vezes em que dançamos colados e sobre os momentos em que minha mão segurou na nuca suada dele para manter nossa coreografia compassada, e minha cabeça emocionada como sempre já está se questionando se tudo o que rolou foi algum tipo de clima entre nós. Sem esperar demais eu afasto esse pensamento, refutando-o com o fato de que só estamos juntos há um mísero dia, apesar de eu já ter visto Dylan na faculdade e reparado na sua aparência, mas ele é amigo do meu ex-namorado e nós ainda temos mais de uma semana de viagem com a qual lidar, então decido que é melhor evitar o drama.

No meio do meu devaneio sinto Dylan acordar, se espreguiçar e me olhar dando um sorriso que eu não sei interpretar, isso faz com que eu me pergunte outra vez se o que rolou foi mesmo um clima ou se estou completamente maluca.

– Bom dia. – Ele e todo o seu corpo dizem juntos.

– Bom dia – respondo. – Acho que perdemos o café da manhã.

– Eu imaginei que isso ia mesmo acontecer. – Nós rimos. – Bolinhos secretos? – Um sorriso brota no meu rosto quando escuto ele se referir à padaria secreta dessa forma.

Nós levantamos, nos arrumamos e caminhamos até a rua mágica dos bolinhos, depois continuamos passeando por todas as ruas bonitas que encontramos, e enquanto eu bato fotos também converso com Dylan sobre muitas coisas, algumas importantes e outras sem importância. O que estamos fazendo foge completamente do meu plano inicial que era seguir um roteiro que fiz especificamente para essas férias, mas eu não quero fazer absolutamente nada que me lembre Ryan, então agradeço internamente por estarmos fazendo nosso próprio roteiro não planejado.

Eu nunca tive medo de me abrir para as pessoas, acho que de certa forma isso é uma das coisas que mais causou meu sofrimento já que muita gente usa isso contra mim, mas eu não tenho a menor pretensão de mudar, até porque isso não aconteceria mesmo que eu quisesse.

Caminhando em uma das ruas de paralelepípedos, nós encontramos em uma esquina uma pequena banquinha cheia de livros, vou até ela tentando conter minha empolgação e começo a folhear os exemplares notando que a maioria está em italiano, alguns em francês e absolutamente nenhum em inglês. Uma das capas espalhadas na banca chama mais minha atenção, é uma capa amarela bem gasta, um livro de folhas amareladas e letras de máquina estampam o título na frente e nas laterais: "Ti amo segretamente". Quase não consigo entender o que está escrito e fico me esforçando, e no meio dessa pequena confusão escuto Dylan.

– Te amo secretamente.

Eu estou parada e até o vento para de mexer os fios do meu cabelo, minha garganta seca, minhas mãos começam a suar e eu fico pensando que não é coisa da minha cabeça, aquilo na festa foi mesmo um clima.

– É o título... Te amo secretamente. – Ele completa quando nota que eu estou esperando tempo demais para dizer alguma coisa.

– Claro! Óbvio... É claro que é. – Me sinto a pessoa mais idiota e doida da Europa inteira parada ao lado de Dylan, que fica folheando as páginas de livros e não comenta nada sobre o clima estranho que se instala, e depois do breve silêncio a voz dele preenche o ar outra vez.

"Nous sommes le soleil du matin
Et les après-midi d'hiver
les vertes collines
Et les jardins fleuris
Nous sommes la beauté qui peut être vue
Dans les plus beaux endroits du monde"

– Você também fala francês? – Pergunto interessada.

– É... – Ele sorri quase sem graça e eu sorrio de volta.

Tento pagar pelo exemplar mas ele insiste em pagar para mim, agradeço a gentileza e continuamos caminhando até chegar em uma rua de descida. De ambos os lados da rua tem muros vazados e brancos, e em cima desses muros podemos ver frutas amarelas, o amarelo mais perfeito que eu já vi, a rua tem um cheiro de limão que o sol parece deixar ainda mais evidente quando passamos. Andamos mais um pouco até uma escada pela qual descemos para encontrar bem no fim dela uma portinha minúscula: é uma entrada para uma sorveteria fofa onde entramos sem pensar duas vezes.

– Me ajuda a escolher aqui? Eu não tô entendendo nada. – Eu rio e Dylan se aproxima para me explicar quais são os sabores e quais os tamanhos que eu posso pedir.

– São *gelatos*. – Dylan me fala quando vou fazer meu pedido e o atendente parece soltar raio laser dos olhos ao me ouvir proferir a palavra errada para a preciosidade que ele está me oferecendo, como se eu estivesse profanando o *gelato* por chamá-lo de sorvete, e isso me faz rir.

Nós pegamos, cada um, um *gelato*; Dylan de Framboesa, eu de limão siciliano, e saímos andando pela rua vazia da Gelateria.

– Me conta alguma coisa sobre você, eu já falei demais. – Dou lambidas rápidas no meu *gelato* que derrete mais rápido do que eu posso controlar.

– O que você quer saber? – Uma de suas mãos como sempre está no bolso e a outra segurando o *gelato*.

– Ah! Sei lá. Eu te falei sobre o Ryan, com certeza uma das minhas coisas mais pessoais no momento. – Eu sorrio. – Me fala uma coisa pessoal pra ficarmos quites.

– Não tenho nada pessoal...

– É claro que tem, todo mundo tem. Mas vou entender se não quiser falar. E que tal me falar sobre com quais garotas você realmente transou na BU? Seria ótimo ter essa informação, porque às vezes eu acho que muitas delas mentem dizendo isso só porque você é um gato. – Deixo escapar o elogio e tento fingir que não aconteceu.

– Você me acha um gato? – Ele ri de um jeito que faz uma borboletinha bater uma asa bem no meu estômago, borboleta que eu trato de manter dormindo logo que percebo sua movimentação.

– Um gato é uma coisa muito forte... Mas você não é feio. – Rio tentando parecer não ligar e ele ri de volta.

– Eu só dormi com duas garotas da faculdade, uma delas assim que cheguei, a Alicia. Nós fazíamos Anatomia I juntos, talvez você saiba quem é, ela andava com o Ryan e o pessoal. E a outra aconteceu cinco meses depois, quando fiquei muito bêbado em uma festa e ela me arrastou para o quarto dela, eu sabia o que estava fazendo, mas se estivesse sóbrio acho que só teria uma garota nessa conta. – Ele fala pela primeira vez dividindo algum detalhe da sua vida comigo.

– Isso é impossível. Daria pra montar uma turma inteira com as garotas e os caras que falam que já dormiram com você. – Eu digo indignada enquanto tomo meu gelato.

– Uau. Eu sou tão falado assim? – Ele pergunta sem se importar de verdade.

– Eu não chamaria isso de falado. Você é um cara, todos te acham o máximo por isso. Se você fosse uma garota, infelizmente sua fama seria outra.

– Isso é uma merda. E o que você acha? – Ele pergunta me pegando totalmente de surpresa.

– Eu não sei, nunca parei pra pensar. Eu estive tão ocupada com Ryan nos últimos anos que quase não tive tempo de reparar em outras pessoas ao redor.

– Eu perguntei o que você acha da minha fama, não de mim. – Ele ri quase tímido.

– Ah, claro! – Eu rio. – Bom, eu acho que tanto faz se você ficou ou não ficou, mas não acho as mentiras legais se elas forem mentiras, na minha concepção elas te fazem parecer um pegador que você... não sei... não parece ser... ou é? – Nesse momento ele fica em silêncio e ignora minha pergunta.

– Mas e caras? Você ficou com duas garotas, ok. Mas e os caras?

– Eu nem sabia que alguém sabia que eu ficava com caras. Rolou uma vez depois do ensino médio, mas foi um cara em um bar, não foi na faculdade. Depois dessa vez eu percebi que gosto mais de mulheres.

– Entendo. Eu sou hétero, mas minha colega de quarto é bi, então eu nunca sei se vou encontrar peitos pela minha casa ou sei lá, um cara de cueca. – Rio, me lembrando da Ivy. – Ela é legal. – Dylan ri comigo e um silêncio rápido volta a ficar entre nós, mas dessa vez é um silêncio diferente, não é desconfortável, é só como se ele estivesse se preparando para dizer alguma coisa difícil.

– Vou te contar uma coisa sobre mim que eu quase não falo pra ninguém. – Essa informação me choca já que Dylan realmente é um cara muito reservado, mas eu não quero que ele desista então continuo calada. – Não fui exatamente eu que escolhi estudar Medicina.

Tudo acontece na Itália 61

Quando eu estava no ensino médio eu não conseguia escolher meu curso, mas sabia que medicina não era. Meus pais passavam mais tempo fora do que em casa por causa da profissão, eu queria fazer diferente, queria ter uma família e dar valor a ela. Mas no final do ensino médio eu entrei em uma briga depois de uma festa, uma briga feia, machuquei mesmo o cara em quem eu bati, desse dia em diante meu pai decidiu o curso de vez por mim e me mandou pra Boston assim que o ensino médio acabou. Ele me disse que se eu ficasse sem estudar depois do ensino médio, ia arrumar problemas, mas eu acho que ele só queria se livrar de mim mesmo. – Ele desabafa com um tom de voz um pouco triste e um pouco conformado, com uma risadinha no final que não consegue esconder o quanto isso ainda dói nele.

– Nossa, que péssimo. Por que foi a briga? – Evito o tom de voz de pena já que odeio que o usem comigo.

– Uma noite eu saí com amigos pra uma lanchonete e uns caras estavam mexendo com uma garota do lado de fora, eu meio que era afim dela na época. Eles vieram para cima de mim quando pedi para eles deixarem ela em paz e eu revidei. Meus pais nem quiseram saber da história, e eu também não tive tanto saco pra contar.

– E só aceitou Boston assim?

– É… – Ele diz, acabando com o *gelato*. O sol está começando a morrer no mar quando paramos em mais uma subida com outra bela vista. – Mas hoje acho que foi uma jogada de sorte.

– Sinto muito que isso tenha acontecido. – Tento soar compreensiva. – Mas posso ser honesta?

– Pode – ele diz enquanto termino de tomar meu *gelato* e limpo as mãos no guardanapo.

– Eu acho que você é meio diferente dos seus pais, sim. Digo isso porque tive pais ruins. Eu sei como uma pessoa dá sinais de ser ruim desde o princípio, eu vi isso no meu pai desde pequena, vi isso em uns caras na escola em que eu estudei lá em New Forest, vi isso no Ryan… – Minha voz falha. – Eu não vejo isso em você. – Digo honestamente sorrindo.

– Obrigada… – Ele sorri para mim e nossos olhos param um no outro por algum tempo, o pôr do sol refletindo nos nossos rostos quando em um salto Dylan nos traz para o mundo real.

– Vamos. Já tá ficando tarde. – Ele esfaqueia qualquer clima com uma expressão séria, o sorriso amável sumindo do rosto dele, caminhando, sem me esperar, de volta para o hotel.

O caminho até o hotel é silencioso, Dylan andando o mais distante possível de mim sem parecer um idiota. Quando chegamos, nós subimos ainda em silêncio e o quarto fica em uma calmaria ainda mais ensurdecedora.

– Dylan, aconteceu alguma coisa? Eu falei alguma coisa errada ou que te chateou? – Tento entender a mudança de comportamento dele.

– Não, Cecília. Tá tudo bem. – Ele pega algumas roupas na mala e vai em direção ao banheiro sem olhar para mim. A troca de roupa é ainda mais rápida que sua mudança de humor, e ele sai do quarto sem dizer nada, usando uma calça bege, uma camisa branca e um colete de tricô por cima da camisa, combinando com sapatos claros. Quando escuto a porta bater, ainda tento proferir alguma palavra, mas qualquer frase na qual eu ao menos tente pensar é cortada pela porta batendo devagar. Fico algum tempo no quarto sem saber exatamente o que fazer e sem entender o que aconteceu, tentando desvendar com as poucas informações que tenho por que Dylan em alguns momentos parece adorar estar aqui e em outros parece querer pegar o primeiro avião de volta como se estar aqui fosse apenas uma obrigação.

Depois de mais ou menos uma hora e meia eu finalmente me recomponho e lembro que Dylan e eu não somos absolutamente nada um do outro, que ele não me deve explicações de onde estava indo e nem das suas mudanças de humor. Me lembro de que o plano era exatamente esse, ele viver a Itália dele e eu viver a minha, nenhum desses pensamentos me conforta cem por cento, mas mesmo assim decido descer e jantar sozinha.

Quando chego ao restaurante do hotel dou de cara com Dylan sentado em uma mesa com uma outra mulher que eu já havia visto entrando no elevador com a gente e apertando o botão do décimo segundo andar, no momento em que meus olhos entendem que ele desceu e convidou outra pessoa para jantar, qualquer tipo de ideia que eu tenha criado em míseros dois dias sobre um possível clima entre nós morre com uma pontinha de ciúmes que eu nem entendo de onde vem, fazendo as pontas dos meus dedos formigarem. Lembrando do plano e de que Dylan e eu não somos nem mesmo amigos um do outro, eu peço uma mesa ao garçom e me sento, usando um vestido branco estampado com folhinhas verdes, ignorando Dylan, mas não o suficiente para não ver que ele me notou ali, dirijo toda a minha atenção visual para o cardápio todo em italiano, cardápio que não significa nada para mim nesse idioma mas que eu finjo entender muito bem.

Para a minha sorte o garçom entende um pouco do que eu digo, então eu consigo pedir um macarrão com molho com um nome estranho que eu nem me importo mesmo em saber.

Minha mesa está a quase cinco mesas de distância de Dylan, para onde eu tento não olhar, repetindo na minha cabeça que nós não somos nem mesmo amigos e que tudo isso é uma enorme besteira, mas percebo de relance que a mulher se aproxima cada vez mais dele conforme os minutos vão passando. Meu prato chega depressa, os pratos deles já estavam quase vazios quando eu cheguei ao restaurante e ainda assim eles estão ali sentados, bebendo. Dylan está com uma taça de vinho na mão, ela está com uma das mãos em algum lugar embaixo da mesa e apoiando o queixo na outra, Dylan sorri para ela, um sorriso desanimado e sem graça, e às vezes olha para mim, uma atitude que eu também não sei interpretar, mas sigo fingindo não me importar e tentando mesmo não me importar. Nesse meio tempo de janta fico me questionando o porquê dessa pontadinha de ciúmes que estou sentindo. A verdade é que eu já tinha tido sim tempo de notar outros caras da BU, e eu já tinha notado Dylan, já tinha notado ele em algumas festas, em alguns jogos na arquibancada, já tinha escutado ele falar na biblioteca, já tinha visto ele estudando, nós passávamos mais tempo perto do que eu prestava atenção na época, e fazendo uma retrospectiva na minha cabeça eu noto que coincidentemente ou não, praticamente em todo lugar onde eu estivesse, Dylan estava, fosse na Universidade ou em outras coisas que tivessem relação com ela ou com Ryan, porém a imagem dele ficou embaçada porque eu realmente não estava prestando atenção nele, minha cabeça era somente do Ryan, mas eu já o tinha visto e analisado de alguma forma e com certeza já tinha notado que Dylan, além de muito bonito, também parecia esconder uma personalidade diferente e positiva que só aparecia quando ele estava sozinho nesses ambientes onde eu já o tinha visto.

Depois de jantar eu resolvo que é hora de deixar o restaurante, essa história não vai me levar a nada. Me levanto agradecendo ao garçom com um sorriso e me afasto sem olhar para trás deixando Dylan e a tal mulher desconhecida ainda lá enquanto eu me afasto. Quando estou passando para subir de volta para o quarto, com planos de maratonar alguma coisa na televisão, escuto uma música animada vindo do espaço que eu visitei no primeiro dia aqui, o varal de luzes aceso e muitas pessoas que eu consigo ver com detalhes quando me aproximo da porta. É uma festa e tanto, tem muitas pessoas dançando juntas, todos sorrindo e felizes, uma música animada sai dos instrumentos de uma pequena banda que está alocada no cantinho direito quase perto da porta. Eu estou parada ao lado da porta observando quando uma mulher passa correndo e me puxa pelo braço falando uma língua que eu não entendo, começando a montar um tipo de roda onde todos batem palmas e alguém dança no centro, eu tento não ir, mas quando me dou conta já estou ali e posso e quero ser feliz sozinha, então fico na roda batendo palma enquanto todos vão até o meio e fazem uma dança, cada um da sua forma, sempre sorrindo e felizes, até que chega a minha vez e eu sou empurrada para o meio da roda, vermelha e tentando explicar que eu não sou boa nisso. Eu recebo as palmas dos demais, então começo a dançar rindo e balançando meu vestido, sendo incentivada e ficando cada vez mais imersa e feliz nesse momento. Convido outras mulheres para dançar comigo e dançamos todas juntas. No meio da diversão vejo que Dylan está parado na porta do lugar, de pé com a madame desconhecida a tiracolo, parada ao lado dele enquanto ele olha para mim, um sorriso leve no rosto e os olhos brilhando, um sorriso que ele parece não conseguir controlar. Tiro meu olhar do dele e continuo me divertindo, quando volto a olhar para a porta ele não está mais no meu campo de visão. Continuo dançando e rindo, decidida a não abandonar esse momento nem qualquer outro por mais ninguém, mas preciso parar para beber água e pegar fôlego. Vou até o bar do outro lado do pátio e peço, ofegante, uma água para a atendente, e ela me dá uma garrafa e um copo que eu encho ansiosa. Enquanto eu levo o copo até a boca, um homem muito bonito se aproxima de mim, um cara alto, com o cabelo bem, bem curto, quase careca, uma barba também curtinha, tudo se encaixando perfeitamente no seu rosto simétrico. Ele está bem vestido e tem braços, ombros e várias outras partes do corpo muito convidativas. Ele se aproxima e começa a falar comigo, mas como todas as outras coisas e pessoas ao meu redor, eu simplesmente não entendo.

– Eu não te entendo. – Tento dizer balançando as mãos e colocando o copo no balcão. – Eu realmente não te entendo. – Mas ele continua se aproximando muito. – Eu não entendo mesmo, juro, mas obrigada. – Eu falo enquanto ele já está quase me encurralando no balcão. – Pode se afastar, por favor? – Digo ficando levemente irritada, a beleza dele indo embora enquanto ele invade meu espaço, quando de repente Dylan, que estava do outro lado do bar, aparece e toca no braço do desconhecido falando com ele em italiano. O homem ignora a tentativa simpática de Dylan e dá uma resposta imediata se virando de novo

Tudo acontece na Itália **65**

para mim e agora tentando me pegar pela cintura. Nesse momento Dylan puxa ele de volta e eles começam a discutir em italiano, percebo, de trás do homem enorme que está me causando esse problema, que Dylan fecha o punho cada vez mais, e mesmo sem entender absolutamente nada eu entro no meio dos dois querendo acabar com a briga antes que ela de fato comece.

– Dylan, chega! Já pode parar, tá ok? – Minha voz sai ríspida sem controle, quase como se eu estivesse descontando a raiva que sinto pela forma como ele se comportou mais cedo.

– Você quer ir com ele? – Ele me questiona sem filtro.

– O quê? – Encaro Dylan completamente confusa.

– É, porque ele tá te chamando pra ir com ele... – Suas bochechas estão vermelhas e noto que ele fica lindo e sexy até nos momentos em que o odeio.

– Do que... o que você... – Eu gaguejo. – E se eu quiser? Você tem algum problema com isso? – Eu resolvo usar esse momento para descobrir a informação que eu estou procurando desde a noite de ontem, quando nós dançamos juntos.

Dylan respira e se afasta levantando as mãos e me olhando com uma expressão quase indiferente, mas dá para notar que seu sentimento não é esse. A mulher que estava com Dylan já sumiu e ele sai sozinho do bar, fico pensando que provavelmente foi dormir com ela, então me afasto do homem causador de problemas e volto para a festa alguns minutos depois. Fico na festa aproveitando a felicidade das pessoas, olhando elas dançarem e batendo palmas, agora sentada em uma cadeira. É bom estar aqui, sentir a brisa, aproveitar minha própria companhia, eu não fazia isso desde... desde sempre, e é uma sensação ótima.

Já é tarde da noite quando eu decido subir, entro no elevador e caminho até o quarto sem medo de fazer barulho, já que Dylan está na cama de uma desconhecida por aí, passo o cartão para abrir a porta e dou de cara com ele de costas para a porta, apoiado com as duas mãos no balcão em frente à janela. Fico surpresa em vê-lo ali, mas penso que ele provavelmente não é o tipo de dormir com as mulheres com quem ele transa e provavelmente já fez o que precisava e voltou para cá. Ele está sem camisa e as costas aparentes pela sombra da luz da lua que bate na janela me fazem querer pegar minha câmera e fotografar essa imagem, enquanto tento conter outras vontades que isso me causa. Entro em silêncio e fico assim por um tempo.

– Qual o seu problema, hein? – Digo sem me alterar.

– Como assim? – Ele diz parado na mesma posição.

– Primeiro você simplesmente muda seu comportamento comigo sem razão e depois tenta brigar com um cara que queria me beijar?

– Ele não queria te beijar. – Ele diz, ainda tranquilo.

– Ah não? E o que ele queria? Dançar comigo?

– Pensa melhor... – Ele diz, virando para mim e caminhando até a cama, começando a arrumar o cobertor para deitar.

– E qual o problema? Estamos na Itália, eu sou solteira, você também. – Tento instigá-lo a me dizer qualquer coisa sobre o possível clima que eu já estou quase acreditando que criei sozinha na minha imaginação.

– Você tá certa, Cecília. Não tem problema nenhum, eu já tinha bebido algumas taças e tomei uma atitude idiota. Não vai se repetir. – Seu tom de voz é tranquilo, mas sinto raiva no que ele diz.

– Você mesmo dormiu com aquela ruiva lá do bar hoje... jantou com ela, foi pro bar com ela. Foi legal? – Eu pergunto tentando parecer uma amiga com nenhum ciúme, mexendo nas roupas da minha mala procurando outro pijama sem olhar para ele.

– Eu o quê? De onde você tirou isso?

– Ué, eu tirei do óbvio, Dylan, eu vi você com ela. Você desceu pra jantar com ela e me deixou aqui, foi pro bar com ela sem trocar meia palavra comigo. – Percebo o quanto pareço uma namorada enciumada e tento consertar. – Amigos não abandonam os amigos. – Dylan ri quando me escuta.

– Eu não... Eu não transei com ela. – Ele coloca os dedos no nariz apertando os olhos. – Eu não transei com ela, ok?

– Você não... me deve explicações. – Digo um pouco mais tranquila por dentro.

– Mas você acabou de... Olha, Cecília, esquece.

– Tá, Dylan. Esquece! – Digo aumentando um pouco a voz, mas me contendo para não gritar.

– Tá. – Ele me responde.

– Tá! – Respondo e vou para o banheiro me trocar, batendo a porta. Fico lá dentro tentando entender que droga de sensação é essa que não faz o menor sentido, mas que está tentando se acomodar, e me recuso a deixar. Volto para o quarto e Dylan já está em uma das pontas da cama, deito o mais longe possível e durmo.

Capítulo 4

Na manhã seguinte nós acordamos quase ao mesmo tempo, Dylan se levanta para um lado do quarto em direção à sua mala e eu levanto para o outro na direção do banheiro, onde troco minha roupa e me arrumo para ir a qualquer lugar que eu nem planejei.

– Me desculpa por ontem, eu já tinha bebido um pouco e não sei o que deu em mim. – Dylan fala pela primeira vez, virando para mim quando nos encontramos no quarto.

– Tá... – Eu digo parando para olhar para ele, mordendo meu lábio inferior por dentro da boca. Nós ficamos um tempinho em silêncio.

– O que você vai fazer hoje? – Digo querendo perguntar na verdade "Você vai sair com aquela ruiva hoje? E quem diabos era ela?", e perguntando pra mim mesma "Por que você se importa, Cecília???"

– Não tenho planos... – Ele faz uma pausa. – Nós estamos bem?

– Sim... – Respiro fundo. – Claro que estamos. – Coço meus olhos e tento levar essa situação com calma e tranquilidade, sem perder meu controle. – Claro que estamos bem. Não existe um motivo para não estarmos. Você bebeu, cometeu um erro, eu também me intrometi na sua vida e isso não foi legal. Nós estamos bem. – Digo com um meio sorriso.

– Ok... Você por acaso quer ir comigo em um restaurante hoje? É um lugar bonito, a comida é boa, vai te render boas fotos. – Ele pergunta depressa, tentando disfarçar o convite.

– Tá ok... – Tento parecer indiferente.

Nos arrumamos e saímos rumo ao tal restaurante bonito que me renderia belas fotos, e Dylan não estava brincando quando disse aquilo, só acho que ele foi humilde em usar apenas a palavra "bonito" ao invés de "absolutamente perfeito". Eu tento conter minha admiração pelo lugar, mas logo percebo que não consigo mais me conter assim, então deixo as palavras saírem da minha boca.

– Que lugar incrível. Isso parece um paraíso. Como é possível isso existir? Parece uma pintura. – Dylan ri enquanto eu falo.

O restaurante é realmente perfeito, parece uma casa onde você entra pela porta em uma rua como todas as outras que já tínhamos visitado

Tudo acontece na Itália   69

nos dois últimos dias, e a entrada é mesmo linda, mas com certeza não te prepara para o que vem logo após. Nós andamos por dentro do lugar até chegarmos a uma parede cheia de pequenas varandinhas protegidas só por uma grade branca, e a paisagem parece de uma outra Itália, ainda mais bonita que a original, mesmo que eu pensasse ser impossível. Cada varanda tem sua própria mesa para dois ou no máximo para três pessoas, é um espaço apertado e romântico que fica ainda mais literário quando iluminado pela luz do sol do fim da tarde. Assim que chegamos não me contento em apenas olhar, eu quero me lembrar dessa sensação para sempre a partir desse momento, então bato uma foto tentando capturar exatamente o que meus olhos estão vendo, mesmo sabendo que isso não vai acontecer e vou ter que deixar essa tarefa para minha memória.

Entro em uma das varandas acompanhada pela garçonete e Dylan vem logo atrás, eu estou tão maravilhada que ele fica em silêncio sem me interromper por vários minutos, me deixando apenas apreciar. Sentada, eu coloco minha bolsa presa na cadeira e tiro meus chinelos tocando os pés no chão querendo experimentar o lugar com todos os meus sentidos, isso parece um pouco deselegante no momento, mas eu não me importo porque depois de fechar os olhos e erguer o pescoço como quem tenta capturar o momento com cada átomo do próprio corpo, eu abaixo a cabeça e vejo Dylan me olhando e sorrindo, e isso é suficiente para mim. Nós pedimos a comida e esperamos os pratos em silêncio olhando a paisagem, um pouco do clima tenso da noite anterior ainda entre nós, um clima que eu tento mudar fazendo a pior das perguntas.

– Por que você não dormiu com sua amiga ontem? Ela era muito bonita. – Tento parecer pacífica enquanto nossos pratos chegam e a garçonete os coloca na mesa. Dylan espera ela sair para me responder.

– Eu acho que não fazia muito sentido dormir com ela, eu não entendi nada do que ela falava mesmo falando italiano. – Nós rimos, ambos quase sem graça.

– Pra fazer o que você podia ter feito não precisa falar nada. – Digo enquanto levo o garfo até a boca.

– Eu sei... Mas eu não quis. – Ele me lança um olhar quase intimidador.

– Ok... Mas perdeu uma chance. – Tento descontrair quando ele ri de forma sarcástica com as mãos entrelaçadas na frente do peito com os cotovelos apoiados nos braços da cadeira.

Nós comemos um pouco e mudamos de assunto.

– O que você pretende fazer quando voltar para Boston? Para as aulas? Digo, já que Ryan vai estar lá.

– Pretendo fingir que ele não existe. Mas… Tenho medo de não conseguir. – Noto Dylan me olhar com um olhar um pouco confuso.

– Como assim, não conseguir? – Sua voz suave acalma as batidas do meu coração quando preciso falar de Ryan.

– Você sabe… Ele e eu, nós temos uma história e não é tão fácil assim resistir às coisas que ele me diz. – Uma nova expressão começa a tomar conta do rosto de Dylan, algo que me lembra uma tempestade e uma outra coisa que me parece muito com ciúmes.

– E você sabe que só você é honesta na relação de vocês.

– Eu sei…

– E ainda assim tem dúvida? – Ele diz quase com raiva, mas doce.

– Tá tudo bem…? – Ele sai da defensiva e nota que seu humor está mudando outra vez.

– Me desculpa. Eu só não quero que você sofra com ele de novo. Mas a escolha é sua, é sempre sua. – Ele tenta soar compreensivo.

– É, sim… Mas obrigada por se preocupar. – Meu sorriso tentando apaziguar a situação. – Meus planos são ignorá-lo e viver minha vida, só isso.

– Tem algum cara da faculdade que você já tenha reparado? Alguém de quem já esteve afim ou que gere interesse? – Ele diz com a voz calma. – Se não for invasivo perguntar. – Eu quase me engasgo com a água quando instintivamente a primeira imagem que surge na minha cabeça é a dele.

– Não… Não. Nenhum. – Quase surto. – Eu não quero ninguém por um longo tempo. – Encho a boca de comida para não completar com "mas eu tenho pensado muito em você, mais do que eu consigo entender."

– É… é uma boa.

Quando o garçom se aproxima peço que ele tire uma foto nossa, nos juntamos na frente da paisagem, Dylan com a mão na minha cintura, eu com a mão na cintura dele, os dois sorrindo.

Depois que acabamos de almoçar, saímos do restaurante e vamos caminhando por uma estrada onde encontramos um antiquário, eu sempre gostei de objetos com história e por isso entro como se essa fosse a atitude mais natural, sem nem mesmo perguntar ao Dylan se ele também quer entrar. Mexo nos objetos pensando de onde eles vieram, de quem eles já foram um dia, onde eles já estiveram e isso é um paraíso para a minha imaginação, enquanto estou imersa dentro das histórias da minha cabeça, escuto Dylan logo atrás de mim pegando uma coisa ou outra e colocando de volta no lugar.

– Você ainda tem o relógio dourado de Back Bay? – Eu paro tudo o que estou fazendo e olho para trás quando escuto a pergunta.

– Como é? – Pergunto absolutamente incrédula e confusa, como se ele tivesse me dito a coisa mais estranha do mundo. – Como você sabe disso?

– Uma vez a gente saiu com o pessoal, eles foram comprar cerveja no posto de gasolina e o antiquário ficava do outro lado da rua. Você atravessou e... – Eu o interrompo.

– Entrei no antiquário onde eu achei o relógio.

– É... Ryan não quis te acompanhar, mas já estava começando a escurecer, e eu sei que aquela rua é perigosa então fiquei do outro lado da rua esperando você sair. Quando você saiu, atravessou a rua e correu pra mostrar pro Ryan o relógio que tinha achado lá dentro, eu vi como ele era. – Ele diz enquanto eu escuto completamente atônita, as borboletas do estômago, que eu havia prendido em uma gaiola, tentando de todas as formas se soltarem.

– Por que ficou me esperando voltar? – Pergunto em choque, os pensamentos sobre o clima, os ciúmes e todas as sensações estranhas tomando conta da minha mente, do meu estômago e aos poucos do meu coração.

– Eu tô acostumado a cuidar do que Ryan não cuida, foi automático cuidar de você naquela hora.

Fico parada olhando para ele sem saber exatamente como me sentir em relação a tudo o que ele está revelando com poucas palavras, mas todos os pelos da minha pele estão arrepiados.

– Sim... Eu tenho o relógio. – Respondo e tento voltar ao controle da situação, dou um sorriso para ele e recebo um de volta.

Nós continuamos andando pelo antiquário e eu tento processar a informação e o que acabou de acontecer notando que Dylan também já tinha reparado em mim de alguma forma. Vou andando e a cada passo me pergunto o que isso significa, se significa alguma coisa. Eu odeio os sinais que ele parece me dar e a sensação de que ao mesmo tempo ele quer fugir. Entre um pensamento e outro percebo que Dylan sumiu em meio aos móveis, revistas e vinis empoeirados, ando até a entrada do antiquário quando o vejo no caixa pagando alguma coisa, vou até ele e ele ergue uma caixinha para mim, e eu me pego sorrindo.

— O que é isso?

— Abre — Ele sorri e o senhor atrás do caixa observa a cena. Quando abro a caixa pequena de madeira vejo um colar dourado dentro dela e um pingente, e não sei como reagir.

— Dylan... Que coisa mais linda.

— Esse colar foi trazido para cá por um homem apaixonado pela esposa, ele o comprou para ela enquanto visitava a Inglaterra, eles passaram muitos anos casados até que deixaram esse mundo no mesmo segundo do mesmo dia, juntos como sempre, desde então o colar passou por gerações e gerações, até chegar aqui. — O senhor no balcão fala poético enquanto eu seguro o colar na mão. — Dizem que o casal que tiver esse colar vai ser abençoado com um amor eterno. — Ele sorri olhando para nós dois parados de frente um para o outro.

— Casal??? — Me assusto com essa frase sendo dita em voz alta, deixando o colar cair e pegando logo em seguida. — Não, nós somos amigos. Não somos um casal. — Dylan me olha enquanto eu falo quase desesperada, o sorriso no rosto dele diminuindo devagar, mas ainda ali.

— Foi o que a primeira dona desse colar também disse antes de se casar com o marido. — Ele entra no antiquário sorrindo, como uma cena de filme, deixando para trás mais uma situação estranha com a qual vou ter que lidar. Eu estou parada segurando o colar sem saber o que fazer.

— Vem, deixa eu colocar. — Dylan tira as mãos dos bolsos e pega o colar, sua pele acidentalmente tocando a minha. Eu me viro e levanto meu cabelo para que ele consiga encaixar o fecho. As mãos dele passam próximo ao meu pescoço e a proximidade que ele fica da minha nuca me causam um arrepio que eu continuo tentando negar ao mesmo tempo que adoro, meu corpo começando a implorar para que eu me entregue e meu cérebro tentando controlar o caos que ceder às minhas vontades pode causar.

— Obrigada... Mesmo. É muito lindo.

— E tem história. — Ele diz me fazendo sentir como se ele tivesse lido um manual sobre mim, um ao qual nem eu mesma tenho acesso.

– É... Eu gosto de objetos com história.

Já é de tarde quando voltamos caminhando para o hotel, o dia parece ameaçar chover, o céu não está mais tão aberto e as nuvens cinza ocupam o lugar que mais cedo era todo do sol. Faltando poucos minutos para chegarmos ao hotel a chuva começa a cair sem dar trégua, uma chuva forte que quase cobre a visão à nossa frente, nós tentamos correr mas em pouco tempo ficamos completamente molhados, nossas roupas e cabelos pingando, o frio começando a chegar. Os trovões me assustam, mas eu continuo correndo, tentando cobrir minha cabeça com a bolsa sem sucesso e vez ou outra passo a mão no meu pescoço para conferir se meu colar ainda está ali ou se estou sonhando.

– Vamos parar, aqui tem muitas árvores, não é seguro. – Dylan diz em meio à chuva me puxando pela mão para um tipo de beco coberto. Debaixo do teto que nos protege da chuva Dylan tenta tirar o excesso de água do corpo enquanto eu tento me proteger do frio com as mãos. Ao perceber o que eu estou fazendo, ele se aproxima e me abraça sem avisos, colocando os dois braços em volta do meu corpo pequeno, me deixando quase completamente protegida. Eu nunca me senti tão bem, nem em três anos de relacionamento com Ryan, nem em todos os meus anos de existência. A sensação de estar nos braços dele é única, diferente, arrebatadora e está ficando muito difícil de continuar fugindo.

– Vem, vou te esquentar. – Suas mãos esfregando meus braços com cuidado. Eu estou parada quase fora do beco vendo a chuva cair quando ele nos leva mais para dentro, nesse momento eu vou contra tudo o que diz "não" na minha cabeça e sigo pela primeira vez aquela parte que grita "sim" quando levanto a cabeça para olhar para Dylan. Os olhos azuis dele encontram os meus e sua respiração ofegante da corrida esquenta meu rosto, eu posso sentir seu hálito bom e seus braços continuam ao meu redor, me fazendo sentir muito bem, até mais do que deveriam. Nós ficamos em silêncio olhando um para o outro, sem desviar o olhar, sem fingir que não percebemos, sem fugir, o movimento das mãos dele diminuindo e meu corpo inclinando em um movimento automático aproximando nossos rostos. Quando minha boca está quase tocando a dele e meu corpo inteiro estremecendo por dentro, ele desvia o rosto e o olhar e me abraça forte outra vez, voltando a movimentar as mãos para me esquentar e evitando o que estava por vir. Eu entendo o recado e resolvo fingir que nada aconteceu. Ficamos assim por algum tempo, a chuva caindo sem parar quando começo a rir.

– O que foi? – Dylan pergunta sem entender. Então eu me desvencilho dos seus braços e me jogo na chuva, deixando ela molhar meu rosto, meu cabelo, meu corpo, e ficando completamente ensopada. Inclino meu rosto para cima e deixo minhas mãos dançarem com as gotas, eu me permito ser completamente feliz e brincar na chuva enquanto Dylan assiste a tudo sorrindo.

– Vem, Dylan! Vem! É chuva italiana. – Ele ri ainda mais quando me escuta dizer.

– É a mesma que tem nos Estados Unidos, Ceci! – Ele ri de braços cruzados embaixo da área coberta.

– Vem! Não seja careta! – Desafiado, ele anda até a chuva perto de mim e levanta a cabeça fechando os olhos, eu pego uma de suas mãos e faço uma reverência de quem o convida para dançar me curvando, ele me corresponde sorrindo, tentando não demostrar tanta empolgação. Nós dançamos na chuva como se houvesse música e como se não houvesse um depois. Uma das minhas mãos no ombro dele, a outra segurando sua mão no ar, uma das mãos dele tocando minha cintura, nossas vozes se encontrando enquanto rimos, ele se contendo ao máximo mas ainda assim não conseguindo não sorrir, eu completamente livre, cansada das amarras que venho carregando até essa semana mágica.

Depois de dançarmos, saímos correndo de volta para o hotel que não é tão longe, chegamos completamente molhados e subimos depressa, logo que entramos no quarto pegamos várias toalhas e nos cobrimos ainda olhando um para o outro e rindo.

– Você é de longe a pessoa mais diferente que eu já conheci. – Ele ri.

– E isso é um elogio? – Rio, confusa.

– É um diferente bom. – Seu sorriso aquecendo meu corpo inteiro ainda frio da chuva.

A chuva não cessou a noite inteira, então nós decidimos ficar assistindo um filme e pedimos comida no quarto. Entramos debaixo da coberta na cama tentando ficar consideravelmente distantes um do outro e colocamos um filme de comédia na televisão, nós rimos um monte e a cada gargalhada a gente se aproxima um centímetro, quase no final do filme já estávamos praticamente colados. Absolutamente sem que consigamos prever, todas as luzes se apagam logo depois do barulho ensurdecedor de um raio caindo em algum lugar, sem pensar duas vezes eu pulo quase em cima de Dylan o abraçando e dou um grito confessando.

– Eu tenho medo de escuro. – Digo totalmente encolhida ao lado dele e com os olhos fechados. Ele ri.

– Calma, tá tudo bem. – Uma das suas mãos toca minha perna e a outra toca minhas costas.

– Eu só vou abrir os olhos quando a luz voltar. – Meus braços em volta do seu pescoço e meu rosto enfiado no seu pescoço, meu medo de escuro gritando bem mais alto que meu medo do que pode acontecer se ficarmos tão próximos assim.

– Mas de olhos fechados também tá escuro. – Ele constata, rindo.

– Não tem graça, engraçadinho. – Dou um tapinha no braço dele enquanto ele ainda me abraça, um abraço que me faz sentir que mesmo podendo ele não quer me soltar, então aproveito os segundos dessa sensação boa. Nos desgrudamos para Dylan poder ligar para a recepção, mas continuo segurando sua mão, no telefone o hotel informa que o gerador não está funcionando e que vamos ter que esperar a luz voltar. Dylan volta para seu lugar na cama e ficamos sentados um de frente para o outro, bem perto, nós conversamos, rimos e até nos permitimos alguns toques que tentamos de toda forma evitar nos últimos dias. Enquanto eu conto para Dylan sobre um dos meus terríveis primeiros colegas de quarto, nossas mãos se seguram e nós brincamos com o polegar um do outro.

– Ele era podre, e todo dia colocava a meia na porta pra eu não entrar porque ele estava com alguém, até que um dia eu descobri que ele nunca estava com ninguém, ele só queria parecer garanhão pra me conquistar. – Dylan ri quando eu conto. – Quem tenta conquistar outra pessoa tentando parecer galinha? Inacreditável. – Dou uma risadinha.

– E você foi embora? – Meus olhos acostumados com o escuro já conseguem ver o rosto de Dylan olhando para nossas mãos.

– Claro… Em dois dias eu fui embora com todas as minhas coisas, sem olhar pra trás, pronta pra viver com um novo porquinho. – Nós rimos.

– Você já conhecia o Ryan nessa época?

– Já…

– E por que não ficava na casa dele?

– Não sei. Acho que não éramos tão íntimos assim. Ryan e eu dormíamos juntos, mas se passássemos mais de dois dias completamente juntos nunca dava certo. Eu não sei como pude imaginar casar com ele. – Rio, mas com um pouco de tristeza.

– Você queria casar?

– Com ele?

– Pode ser...

– Queria... Eu não queria ficar sozinha. Eu passei a vida toda sozinha, estava cansada. Queria ser de alguém e acho que me agarrei à primeira oportunidade que tive disso.

– Entendo... E o que você quer agora?

– Quer saber se eu ainda quero casar? – Ficamos em silêncio. – Quero. Quero casar e ter dois filhos e um cachorrinho chamado Milo, bem piegas como nos livros. – Eu rio. – Mas honestamente acho que não vou mais encontrar ninguém pra isso, acho que não posso mais confiar tanto assim, no máximo uma noite e só... Mas casar? Eu não acho que as pessoas queiram isso.

– Eu quero... – Ficamos em silêncio novamente.

– Espero que encontre uma boa pretendente.

Depois de eu proferir essa frase inteira o dedo de Dylan para e eu sinto que ele está olhando para mim, eu consigo ver a sombra do rosto dele me observando, a chuva já cessou e o silêncio que se acomoda entre nós dois não é desconfortável. Sinto Dylan se aproximando do meu rosto, minha cabeça está encostada com a lateral na parede atrás de nós, sinto sua mão livre subir passeando pelo meu braço até chegar no meu pescoço e sua boca se aproxima de mim, penso em lutar contra, nessa fração de segundos pelo menos dez mil questionamentos passam pela minha cabeça, mas deixo ele continuar porque eu não aguento mais querer tanto isso. No momento em que a boca dele chega a um centímetro de distância da minha, a luz volta e a televisão liga outra vez, sua luz iluminando o quarto escuro. Isso faz Dylan recuar, como se sua coragem evaporasse assim que podemos nos ver claramente.

– Eu não posso fazer isso. Me desculpa. – Ele abaixa a cabeça levando sua mão do meu pescoço para o meu rosto, seus dedos tocando minhas bochechas, quase tocando minha boca.

– Tá tudo bem, Dylan... – Digo de olhos fechados. – Nós somos amigos... né? – Abro meus olhos e o vejo olhando para mim, me mantenho calma e mesmo que o beijo não tenha acontecido eu fico feliz de saber que aquele clima da noite passada realmente existiu, e isso é prova o suficiente que ele também está sentindo alguma coisa entre nós e que não é de hoje, levando em conta a história do relógio.

Tudo acontece na Itália 77

Eu me afasto, desligo a televisão com o controle e vou colocar meu pijama. Quando volto para a cama ele já está dormindo, ou fingindo. Deito do meu lado da cama e durmo também.

Capítulo 5

Quando acordamos no dia seguinte, o céu está aberto de novo e se nós não estivéssemos ali não daria para acreditar que no dia anterior um dilúvio foi cenário de dois dos nossos melhores momentos juntos até agora. Nós descemos e tomamos o café da manhã no restaurante. Conversamos pouco desde o nosso quase beijo sem falar sobre o assunto, como se tivesse sido só um devaneio de nós dois, mas não estamos em nenhum tipo de clima ruim.

– Que tal conhecer um ponto turístico hoje? É ótimo para fotos. – Ele diz puxando assunto sem me olhar. Eu penso bem na minha resposta, penso se ir a um dos pontos turísticos vai me fazer pensar em Ryan e se isso consequentemente vai me fazer sofrer, e percebo que eu já me sinto confiante o suficiente para começar a enfrentar pedacinhos dele, até pode doer um pouco, mas eu sei que não vai me afetar e me deixar deprimida, então está tudo bem. De certa forma, estar com Dylan me fez perceber que caras legais podem gostar de mim, que eu sou muito legal e que eu era muito legal para estar com Ryan.

– Quero... – Digo sorrindo e terminando de beber meu chocolate quente.

Dylan me leva de carro até a Catedral de Florença, um lugar lindo e enorme, e além da catedral há outros prédios gigantes por perto, construções detalhadas, monumentos para os quais quanto mais você olha mais você consegue achar novos detalhes e se sentir ainda menor. Fico pensando em quantas pessoas já passaram por ali desde a construção, uma construção de milhares de anos e que levou uma porção enorme de outros anos para ser finalizada. Nós andamos e entramos em muitos lugares, eu ouço atentamente os guias turísticos de excursões alheias falarem, como se eu estivesse entendendo uma palavra do que estão dizendo. Tiro fotos de tantas coisas e de tantos ângulos que perco as contas, tiro fotos do Dylan sem que ele perceba, ele tira fotos minhas tentando posar na frente da câmera e a maioria delas deve ter saído comigo me mexendo e rindo, já que ele me faz rir na maior parte do tempo.

Nós andamos uma tarde inteira, andamos tanto que meus pés começam a doer, o tempo passa tão rápido que em um piscar de olhos a manhã vira tarde e minha barriga já está roncando, suplicando pelo almoço, um barulho que Dylan com certeza ouviu já que me faz um convite tentador.

— Você tá com fome. Vamos almoçar?

Uma das coisas que eu mais gosto nele é que ele decide tudo, ele quase me dá ordens, mas sempre me pergunta o que eu quero no final. Isso é de longe o traço mais sexy nele dentro e fora da minha cabeça, e me faz pensar nele me dando ordens e me pedindo permissões e por mais que eu tente driblar esses pensamentos, há dois dias inteiros que eles não saem por um segundo sequer da minha mente.

— Vamos.

Ele me leva em outro restaurante inacreditavelmente lindo, com uma vista ainda mais inacreditavelmente linda e eu fico me perguntando como ele conhece todos esses lugares, se já veio aqui com outras mulheres ou se foi com os pais ou os amigos. O restaurante fica no alto de uma rua longe do lugar onde estávamos inicialmente. É um restaurante grande, com uma abertura inteira de uma varanda enorme virada para a direção da Catedral. Desse lugar nós temos uma vista panorâmica da paisagem, vista que quase me faz gastar um filme inteiro da câmera antes mesmo de nos sentarmos.

— Posso pedir sua comida? Tem um prato aqui que você com certeza vai gostar, mas vai ser surpresa. — O sorriso que brota no seu rosto ataca todas as borboletas do meu estômago que já estão migrando para os outros orgãos.

— Pode. — Digo, pensando "pode fazer o que quiser!", e dou uma risadinha.

— O que foi?

— Nada. Eu me lembrei de uma... piada. — Sorrio um pouco sem graça. — Obrigada. — Eu aproveito para mudar de assunto.

— Pelo quê?

— Essa viagem tinha tudo pra ser horrível, Ryan podia ter estragado mais um dos momentos bons da minha vida, mas você fez tudo ser muito legal.

— Não tem o que agradecer. Tá sendo muito bom pra mim também. — Ele me olha do outro lado da mesa. — E é você mesma quem está fazendo da sua viagem uma coisa boa, não é coisa minha. — Ele sorri quase me elogiando.

Nós acabamos de almoçar e passeamos mais um pouco antes de voltar para o hotel. Apesar do dia cheio, chego no quarto me sentindo renovada e disposta, e vez ou outra me lembro do quase beijo que demos na noite passada e essa lembrança me causa arrepios, toda vez que nos cruzamos pelo quarto sem trocar olhares, quando ele se senta na cama para ligar para a recepção pedindo mais toalhas, a cada passo que ele dá, minha cabeça me recorda de como estávamos próximos nessa cama e da sensação que tive quando ele se afastou.

Pouco tempo depois de voltarmos e dividirmos um período de silêncio no quarto, Dylan me diz que vamos jantar em um lugar especial, me fala entre charadas como vai ser o local, isso só porque eu argumento que preciso saber como me arrumar. Com base nas charadas dele, eu escolho um vestido longo, com um tecido que lembra seda, branco com florzinhas cor-de-rosa e alças finas; no pé eu coloco o all star de sempre, o sapato oficial das ruas da Itália, detalhe que eu aprendi logo no primeiro dia da viagem. Prendo meu cabelo em um coque com vários fios de cabelo soltos, pego meu celular e minha câmera e encontro Dylan, que já se arrumou e desceu na velocidade da luz·enquanto eu estava no banho, no hall do hotel. Pela primeira vez reparo de verdade nele, sem escuridão, sem chuva, por trás do cheiro de bebida e do jeito largado que ele tentou adotar no aeroporto e em outras ocasiões nos últimos anos, e consigo pela primeira vez em anos ver que existe alguém ali, e isso me conforta de algum jeito. Ele está usando uma calça clara, como quase sempre, sapatos beges claros e uma camisa escura de gola V com colarinho, que está um pouquinho aberta no único botão que tem e deixa à mostra um pouco da pele dele. Reparo nesse detalhe e subo meus olhos pelos seus ombros e pescoço, observo as curvas do seu maxilar até finalmente encontrar seus olhos, que me fitam de volta um pouco sem graça, sem saber exatamente o que eu estou procurando ali e vendo eu me aproximar. Ele está parado no hall, segurando em uma mão o celular que ele guarda imediatamente no bolso, e não consegue disfarçar um sorrisinho quando me vê sair do elevador, e esse é o primeiro sinal que eu recebo do universo para me lembrar de que aquele cara gentil, legal, lindo e muito gostoso é melhor amigo do meu ex-namorado e evitou me beijar na noite passada, um melhor amigo distante, nem tão amigo assim como ele mesmo já me disse, mas essa é uma zona completamente proibida pelo manual das ex-namoradas e, pelo que eu venho percebendo, pelo manual do Dylan também, e isso me mantém o mais fria e distante que consigo, mesmo que a chama no meu esôfago e no resto do meu corpo, que recebeu ordens explícitas para se apagar, tenha ignorado totalmente essas ordens.

Chego perto dele e nós andamos lado a lado com uma distância entre nós, eu sem graça com as mãos ao lado do corpo, ele parecendo tímido com as mãos nos bolsos.

– Animada? – Ele quebra o silêncio.

– Sim. Muito. – Sorrio olhando pra baixo.

– Por você, você jantaria só com a sua câmera né? – Ele ri tentando quebrar o gelo. – Com certeza gosta mais da companhia dela do que da minha. – Ele fala sorrindo, descontraído.

– Não me pergunta se não quiser ouvir a verdade, hein. – Eu brinco, fazendo essa frase arrancar quase uma gargalhada de Dylan que agora carrega uma expressão bem mais leve no rosto enquanto caminhamos por mais ruas bonitas e desconhecidas até o tal restaurante especial, compartilhando as primeiras risadas de uma noite cheia delas.

Nós andamos por quinze minutos passando por ruas cheias de turistas e entrando em becos onde eu chego a considerar que Dylan pode ser só um assassino planejando meu sumiço, mas depois de quatro becos e uma vista linda de uma rua no alto, de onde conseguimos ver um pouco da praia, ouvir o barulho do mar e ver as luzes acesas das casas lá embaixo já no anoitecer, nós damos finalmente de cara com uma rua sem saída curtinha, uma rua completamente coberta por árvores que saem de cima das casas tão próximas umas das outras no beco estreito, tão próximas e cobrindo tanto o lugar que me pergunto como é ali na luz do sol, e noto que nem mesmo a luz da lua consegue atravessar os galhos e as folhas, o que provavelmente é a razão de alguém ter pendurado varais de luzes por toda a extensão da rua, varais que iluminam o suficiente para o lugar parecer o cenário de um dos livros que eu amo ler.

Na calçada só há um restaurante com duas mesas ocupadas, e eu olho surpresa, encantada e tão feliz que em um impulso seguro a mão de Dylan enquanto sorrio e rio animada, mas solto no segundo seguinte pedindo desculpas. Dylan não parece nada chocado, muito pelo contrário, ele parece totalmente acostumado a esse cenário que ele claramente já conhece, uma certeza que eu tenho quando ele começa a falar em italiano com o garçom que o cumprimenta como se fossem amigos de longa data, o que eu entendo pelas expressões corporais, já que italiano parece grego para mim no momento. Dylan me leva até uma das mesas, uma que fica bem afastada das outras, na parte externa do restaurante, na calçada, de onde podemos ouvir ainda a música baixa que toca dentro do estabelecimento. Ele puxa a cadeira pra mim, e eu agradeço, então me explica o cardápio e pede um prato que parece consumir com recorrência nesse mesmo lugar, enquanto eu tento me aventurar em outra opção, mesmo que ainda não entenda quase nenhuma palavra do menu. Eu peço uma taça de vinho branco, e ele pede suco de laranja.

– Eu achei que você gostasse de beber… – Eu levo a taça até minha boca, sorrindo.

– Eu não gosto, exatamente, é mais sobre o efeito que o álcool me causa. – Ele sorri sentado do lado oposto da mesa.

– Você não gosta de ficar sóbrio?

– Só em momentos em que me sinto bem.

Depois que ele diz isso, aquela chama que já tinha começado a se acender em alguma parte do meu corpo vira, por um segundo, uma labareda. Nós ficamos nos olhando em silêncio por menos de meio segundo, mas parece que são cinco minutos inteiros sem mudar os olhos de posição, e nós dois sentimos a mesma coisa, eu posso ver pela forma como ele se mexe na cadeira e caça qualquer outra coisa com o olhar para se livrar da situação, como ele vem fazendo desde que nos encontramos no aeroporto e de quando nos esbarramos na festa da casa do Ryan.

– Posso te perguntar uma coisa? – Eu digo.

– Pode.

– Mas é meio pessoal. – Nós sorrimos um para o outro.

– Tá, vamos lá… – Ele ri. – O que é?

– Você tinha dito que terminou um relacionamento com uma pessoa que não era tão legal. O que rolou?

Vejo o maxilar dele se contraindo, os lábios ficarem secos e depois de tomar um gole do suco ele diz a primeira coisa realmente pessoal que eu estou ouvindo dele desde o nosso primeiro encontro.

– Falando de uma forma bem direta, eu peguei ela com outro na cama… na minha cama, mais precisamente. Dá pra acreditar? – Ele solta uma risada de quem não acha a história nada engraçada. Eu tento conter o choque e a pena que sinto.

– É bem difícil acreditar. – E é mesmo, me pergunto quem faria isso com esse gato, do que ela sentia falta nele se ele já era absolutamente tudo, e eu estou vendo isso com meus próprios olhos bem na minha frente. Então eu percebo, vendo as coisas de uma outra perspectiva, da perspectiva do Dylan que também foi magoado, que quando alguém magoa a gente não é porque nós fizemos algo de errado ou deixamos de fazer algo de certo, isso é só o caráter da pessoa se materializando, coisa que acontece sempre, mais cedo ou mais tarde.

– Mas foi o que rolou. Eu namorava com a Kim há um ano e meio, estava bem apaixonado, meus pais a amavam, a esposa perfeita pra mim, e a gente já falava até em casar, meio precipitado, mas eu costumo ser assim bem mais do que gostaria. – Ele ri parecendo refletir sobre algo, e eu me pergunto se é sobre nós dois. – E há pouco tempo eu até analisei alguns anéis, por sorte ela me mostrou antes quem era de verdade.

– Não que isso seja uma competição, mas pelo menos você não foi traído pelos últimos três anos da sua vida, então você tá ganhando entre nós. – Tento descontrair o clima pesado que fica. – Mas eu sinto muito, mesmo. Sei como é ruim não se sentir valorizado, se sentir desrespeitado. – Estendo minha mão e encosto na mão dele que está em cima da mesa. Encostar na mão dele é um sentimento estranho, parece que esse pequeno toque é o suficiente para gerar um tipo de conexão que me faz querer pular no pescoço dele e encostar de vez nossas bocas uma na outra. Tiro minha mão, dessa vez sem tanta pressa.

– Tá tudo bem. – Ele diz olhando para o meu gesto e acompanhando com os olhos minha mão se recolher na mesa. – Um dia nós marcamos de nos encontrarmos no apartamento que eu estava dividindo com um cara há uns dois meses, e quando cheguei um pouco mais cedo que o esperado depois de uma aula cancelada, ouvi eles dois juntos assim que abri a porta, precisei ir até lá pra ter certeza do que eu estava ouvindo… No mesmo dia me mudei e terminei com ela. – Seu olhar triste estampado no rosto. – Mas não importa mais, o que importa é que passou e que a melhor comida de todas fica aqui no Livs. – Ele sorri e ajeita a postura, se espreguiçando e olhando para o restaurante, e eu entendo que ele quer mudar de assunto.

– Como você conheceu esse lugar?

– Essas cidades são o meu paraíso particular. – Ele sorri. – Meu pai morou aqui por sete anos quando eu era mais novo, então eu passei quase todas as minhas férias aqui, e como ele só trabalhava, eu explorava sozinho os lugares onde a gente ficava.

– O que ele faz?

– Ele é médico. Ele, minha mãe, minha irmã mais velha, meus tios... Uma família inteira de jalecos brancos, tantos especialistas que acho que nossa família sobreviveria tranquilamente ao fim do mundo com cuidados médicos. – Nós rimos.

– Uau. Então parece que isso é uma coisa de família, não é?

A comida chega e um cheiro maravilhoso corta nosso assunto entrando pelas nossas narinas e fazendo as barrigas roncarem. Meu prato é um risoto milanês, como explicado por Dylan, um prato de risoto com açafrão que eu encaro sem temer e sem arrependimentos da primeira até a última garfada. O prato de Dylan é um tipo de spaghetti com molho que também cheira muito bem e é lindo, tão lindo que eu bato uma foto antes de ele começar a comer e outra dele comendo depois, todo sujo de molho enquanto ri, tentando me impedir de registrar esse acontecimento catastrófico que é ele comendo spaghetti.

Durante a noite inteira nós rimos e nos divertimos como eu não fazia há anos, falamos sobre nossas famílias, o Dylan sempre evitando se aprofundar no assunto, eu contando tudo sobre mim o tempo todo e ele parecendo adorar ouvir. Conto das minhas maiores aventuras em New Forest, falo sobre meu primeiro namorado e do meu primeiro beijo dentro de um ônibus voltando da escola, conto até alguns detalhes muito pessoais, como que meu aparelho ficou preso ao aparelho do garoto em questão e que essa foi minha vergonha por muito tempo. Essa parte faz Dylan rir tanto que outras mesas olham para a gente.

– Não teve a menor graça na hora, tá? – Eu rio com ele.

Entre uma piada e outra eu bebo uma taça de vinho, e depois de oito delas eu percebo que somente duas foram suficientes para eu ficar bêbada. Dylan paga nossa conta, levanta da mesa e segura minha mão, e a sensibilidade que a bebida me causou deixa esse toque ainda mais intenso que da última vez, e eu preciso juntar forças dos deuses de todas as religiões para não dar em cima dele ali, na cara dura, e estragar os dias que ainda precisamos passar juntos. Vamos para o hotel andando por uma rua sinuosa, eu abraçada no Dylan e ele me segurando firme para eu não tropeçar. No caminho eu rio de coisas bobas e faço piadas sobre nada, aproveitando cada oportunidade para abraçá-lo pela cintura e sentir o cheiro doce e o calor da sua pele, ele encara tudo com um sorriso lindo, branco e simétrico, me fazendo ficar cada vez mais necessitada de ir além de segurar suas mãos, um desejo que cresceu absolutamente de repente e que até me assusta às vezes.

– Dylan... – Digo com os olhos fechados, minha cabeça apoiada no peito dele enquanto andamos lado a lado.

– Oi, Ceci... – Ele diz com a voz calma e serena olhando pra mim.

– Eu quero ver o mar. – Eu sorrio de olhos fechados.

– Tá bom, amanhã eu te levo pra ver o mar, tá ok? – Ele fala comigo com cuidado, como se eu fosse uma criança que não pode ser contrariada agora.

– Não... eu quero agora, Dylan. – Resmungo.

– Agora? – Ele pergunta surpreso.

– É, isso. Agora. O mar à noite fica bem mais bonito, vazio...

– E perigoso... – Ele completa rindo e eu fecho a cara parando bem no meio do caminho como quem faz uma pirraça. – Tá bom, Ceci. Eu te levo agora pra ver o mar. – Ele sorri olhando pra mim e tirando uma mecha de cabelo do meu rosto, pegando de volta minha mão e evitando que eu caia.

Andamos em uma rua que finalmente desce por alguns minutos até chegar à praia, o que me faz pensar em por que toda a Itália parece uma eterna subida e esse pensamento me faz rir sozinha.

A areia fria, a água escura e minha alma se sentindo completamente livre são o meu cenário preferido. Nós descemos na areia e chegamos a um ponto onde Dylan decide que é melhor sentarmos, ele solta minha mão para tirar os sapatos enquanto eu fico parada ao lado dele, e é tempo o suficiente para eu arrancar meu vestido pela cabeça e correr para o mar de lingerie gritando e rindo. Quando Dylan nota minha fuga, preocupado com uma pessoa bêbada dentro de um mar à noite, ele grita meu nome e tira depressa a camisa, largando nossas coisas ali mesmo em um montinho na areia e correndo atrás de mim. Quando ele consegue me alcançar eu já estou lá dentro do mar, toda molhada, mergulhando e muito feliz. Ele se aproxima de mim com uma cara de bravo, mas a expressão some assim que eu viro para trás e olho para ele, dando lugar a uma expressão de alívio e compreensão.

– Isso não é perfeito? – Jogo água para cima e rio.

– Qual parte? – Ele ri – Eu diria arriscado.

– Tudo. Tudo isso. O mar, o céu, as ondas, esse momento. – Quando percebo, ele já está bem perto de mim para garantir que eu não vou desmaiar e me afogar. – Você... – Deixo escapar quando noto a proximidade de nós dois, meu rosto ficando sério e o dele também, nossos

Tudo acontece na Itália   87

olhares se encarando e nenhum de nós evitando o contato visual como vínhamos fazendo. Tomada pela coragem que o vinho me deu, chego bem perto e o abraço pelo pescoço, me apoiando para colocar minhas pernas em volta da sua cintura. Com um pouco de hesitação, ele coloca as mãos em volta de mim e em uma fração curta de tempo parece que o efeito do álcool não é mais tão forte assim e eu posso sentir a respiração dele bem perto da minha.

— Acho melhor a gente ir, Ceci. — Ele abaixa o olhar cortando um pouco do clima bom que nós criamos ali, e diante da vontade dele, eu me afasto e começo a sair da água sem dizer nada ou questionar, coloco rápido minha roupa quando chego na areia, pego minhas coisas e saio andando da praia, uma mistura de vergonha, arrependimento e um pouquinho de raiva por não ter sido correspondida brotam no meu peito. Dylan vem logo atrás de mim e nós caminhamos em total silêncio até o hotel, meu cabelo molhado, pingando em cima do vestido.

Chegando ao quarto vou direto para o banheiro, tomo um banho e troco de roupa, volto para a cama e me jogo embaixo das cobertas, ainda sem falar com ele, que vai tomar banho logo em seguida e na volta se acomoda do outro lado da cama.

— Ceci... — Escuto ele me chamar baixinho. — Nós estamos bem?

— Sim, Dylan... — Respondo virada de costas para ele. — Estamos bem.

— Boa noite.

— Boa noite...

Capítulo 6

Na manhã seguinte eu acordo morta de ressaca e vergonha, decidida a nunca mais tomar uma taça de vinho sequer ou qualquer coisa que tenha álcool, nem bombom de licor eu vou mais comer, eu decido enquanto minha cabeça dói. Noto que, como sempre, Dylan não está no quarto, mas vejo que ele deixou um bilhete.

"Desci mas já volto. Seu café tá na mesa."

Quando olho para a mesa, o café está lá outra vez, bonito, cheiroso, e minha barriga ronca só de ver, então levanto, prendo o cabelo em um rabo de cavalo e sento para comer, desejando de todo o meu coração uma aspirina, quando Dylan entra no quarto.

— Bom dia, peixinho. — Ele sorri.

— Muito engraçado... — Eu digo, tentando aguentar a dor de cabeça.

— Eu desci pra te comprar isso, eles não tinham aqui no hotel. — Ele coloca um pacote de aspirinas ao meu lado na mesa.

— Ai, Dylan. — Apoio minha cabeça nas mãos que estão encostadas na mesa. — Me desculpa. Eu não queria ter feito o que fiz ontem. — Minto, e essa mentira parece deixar ele um pouco triste.

— Tá tudo bem, Ceci. Todos nós fazemos besteiras quando estamos bêbados. — Não gosto de ouvir isso, porque faz parecer que o que aconteceu foi um erro terrível de ser cometido, pior que homicídio, então continuo tomando meu café sem dizer mais nada.

— Hoje nós vamos a um lugar que vai te fazer sentir melhor.

— Não sei se quero sair hoje, Dylan.

— Ah, vamos. Dá outra chance pra Itália... e pra mim... eu não tenho sido tão mau guia turístico assim, tenho? — Ele sorri tentando não parecer tão próximo de mim e eu sorrio de volta.

— Não. Você tem sido um bom guia. — Sorrio segurando uma fatia de pão.

— Então! Mais uma chance?

— Tá ok...

— Mas dessa vez você precisa usar isso. — Ele tira uma venda do bolso e ergue para mim.

– Agora você vai mesmo me assassinar e desovar meu corpo, né?
– Nós rimos.

– Te espero lá embaixo. Ah! E coloca um biquíni – Ele grita enquanto fecha a porta do quarto.

Tomo um banho rápido, coloco um short branco de crepe por cima de um biquíni branco e uma camisa de manga longa do mesmo tecido e cor do short, fecho só um botão da camisa, prendo meu cabelo em um coque, pego um óculos de sol, minha mochila, jogo minha câmera e um livro dentro dela e desço pegando a venda em cima da mesa. Quando chego no térreo, Dylan está me esperando encostado no corrimão da escada de saída, uma mão no bolso e a outra mexendo no celular que parece perder totalmente a função quando ele me vê chegar.

– Hora da venda. – Ele sorri pegando a venda da minha mão e colocando em mim, tirando meus óculos de sol com cuidado.

– Tá certo... – Eu sorrio.

Ele me guia pela descida e eu consigo perceber que estamos andando para a parte onde recebemos os carros dos manobristas, e pelo barulho da porta se fechando depois que eu entro e o toque do couro nas mãos, eu reconheço que estamos de novo no carro dele. Nesse momento parece que Dylan está aos poucos tirando a máscara de cara durão e fechado, eu sinto que lentamente ele se abre comigo, como uma flor na primavera que só abre com cuidado e paciência.

– Pra onde a gente vai, hein?

– É surpresa. – Eu posso ouvir o sorriso na voz dele.

Durante todo o caminho eu ouço o som de pássaros e meus olhos fechados percebem as sombras de coisas passando por nós, árvores ou casas, não dá para saber, mas pelo cheiro eu sei que são muitas árvores. Depois de pouco mais de quarenta minutos conversando sobre a faculdade e nossos planos para o futuro, Dylan para o carro e eu escuto vozes de crianças rindo e ondas quebrando, então ele abre a porta do carro, me posiciona e tira minha venda, me permitindo ver, depois de alguns segundos em que meus olhos levam para se acostumar com a luz, o que parece ser a praia mais paradisíaca onde eu já estive em toda a minha existência. Automaticamente eu sorrio e começo a andar em direção à areia, mas ele me segura pelo braço.

– É lindo, mas nós não vamos por aí. – Ele me leva para o que parece ser um cais com vários barcos parados, todos juntos, até que entramos em um deles e eu fico incrédula, muito feliz e com o dedo doendo de tanto bater fotos.

Tudo acontece na Itália   91

– Como isso é possível? Isso só existe em filme, Dylan. – Nós rimos ao mesmo tempo.

O barco nos leva pra longe da costa, e quanto mais ele se afasta e as risadas infantis diminuem, mais a água do mar fica azul, tão clara que eu posso jurar que consigo ver o fundo do mar, mesmo que não seja verdade. O barco para em um ponto e o marinheiro desce para a parte inferior da embarcação nos deixando sozinhos. Dylan e eu nos sentamos na parte da frente do barco e ficamos olhando para o horizonte, calados, apreciando a vista. Nossos corpos se tocam sem querer, mas Dylan logo se afasta, o que deixa claro para mim que o que aconteceu na noite passada foi mesmo um erro, então me dedico a continuar vendo a paisagem e refletindo sobre como a viagem está sendo bem menos pior do que eu tinha pensado que seria. Ficamos em silêncio por mais ou menos meia hora ali juntos, somente com o barulho do mar e um pássaro ou outro passando, até que Dylan se manifesta.

– Quer pular? – Ele me instiga.

– Quero! – Decido bem rápido evitando que o medo chegue antes da coragem.

Rapidamente nós tiramos nossas roupas e ficamos de roupa de banho dessa vez, como deve ser. Contamos juntos até três e pulamos do barco na água cristalina. Nós caímos juntos lá embaixo e subimos da água rindo, Dylan tirando o cabelo do rosto, sua pele refletindo o brilho do sol, uma distância considerável separando nós dois, uma distância segura, eu diria. A água está em uma temperatura ótima, não me deixa com frio, mas também ameniza o calor, boa o suficiente para de qualquer forma eu manter essa distância do corpo inteiro tão convidativo dele. Eu posso ver Dylan olhando para mim por mais tempo do que ele costuma fazer, mas finjo não perceber para evitar qualquer constrangimento para nós dois. Nós ficamos alguns minutos na água de novo em silêncio, um silêncio que Dylan parece querer preencher.

– Queria que a viagem durasse um pouco mais. – Então eu me dou conta de que faltam poucos dias para voltarmos para Boston.

– Você não quer voltar? – Sinto meu coração acelerar, pensando na razão pela qual ele quer continuar aqui.

– Não é isso. – Ele diz sem olhar pra mim. – Eu quero continuar mais tempo com você. – Seu olhar encontra o meu e meu coração dá uma cambalhota dentro do peito, então eu decido me aproximar devagar.

– Também quero continuar com você. – Encosto minha mão no ombro dele e paro na sua frente. Ficamos assim até que tento aproximar nossos lábios outra vez, mesmo sabendo que na noite passada ele evitou que isso acontecesse.

— Ceci... — Ele me chama de olhos fechados, as mãos subindo pelas minhas costas, a boca bem perto da minha, mas desiste no meio da frase. — Acho que vou voltar para o barco. — Ele recua as mãos, se afasta de mim e vai nadando em direção ao barco.

Essa situação me deixa com raiva, uma raiva que eu não consigo mais controlar, pois já estou ficando farta desses sinais que eu não entendo.

— Qual é o seu problema, hein? Qual é a droga do seu problema? — Vejo os olhos dele encontrarem os meus antes que ele consiga sair da água — Você realmente não tá vendo nada? Eu tô pensando tudo errado? Por que você fica me dando esses sinais confusos?

— Desculpa, Ceci. Eu não quis te confundir. — Ele diz parado longe de mim, uma expressão séria no rosto.

— Mas você já confundiu, Dylan! Dá pra me esclarecer o que tá rolando? Porque se não for nada, tudo bem, mas se for alguma coisa não é justo que só você saiba!

— Não.

— Não o quê?

— Não! — Sua voz fica mais ríspida, como se ele não pudesse dizer o que quer dizer, mas não sinto um clima agressivo entre nós dois, apesar da raiva que parte de mim.

— Não o quê, Dylan? — Quase grito, a água ficando cada vez mais fria.

— Não dá pra fazer isso, Cecília, não dá. Eu não vou conseguir fazer isso aqui e depois voltar pra Boston sem saber como vai ser. O Ryan é meu melhor amigo, tá tudo muito recente, confuso.

Nas entrelinhas eu entendo o que ele quer dizer.

— Você tá com medo do Ryan? Só pode estar brincando. — Ele ri quando me escuta dizer e começa a subir pela escada do barco.

— Medo do Ryan? — Ele ri. — Ceci, a última pessoa nessa vida de quem eu teria é medo do Ryan. Eu só tô... confuso! Vem, sobe, tá gelado aí dentro. — Ele me explica enquanto segura uma toalha no barco.

— Não, Dylan! Você não tem o direito de fazer isso, fingir que se importa comigo! — Subo de volta para o barco.

— Eu não tô fingindo, Cecília. Eu me importo com você!

– Tá. Tá ok! – Diminuo o tom de voz, mas a raiva ainda fica clara. – Se é assim, então chega disso, desse clima, desses passeios. Chega disso! Porque você parece estar brincando comigo, Dylan, me usando pra sua diversão na Itália ou sei lá o quê.

Sem que eu consiga reparar, a distância entre nós vai ficando cada vez menor a cada palavra que proferimos, e quando minha voz se altera eu vejo Dylan se aproximar ainda mais, mas não como se ele fosse me machucar, como eu sentia com Ryan que a qualquer momento podia explodir, mas como se ele tentasse garantir que eu vou continuar ali, ainda que estejamos em um barco no meio do oceano e eu não possa ir a lugar algum nem que eu queira.

– Cecília, não fala isso! – Ele diz levantando a cabeça e grunhindo, as mãos cobrindo o rosto por um momento – Você não sabe o que tá falando!

– Não sei? Você parece querer a mesma coisa que eu, mas você foge, fala sobre o Ryan, mas parece que tem alguma coisa que só eu não tô entendendo, Dylan. Qual o verdadeiro motivo de você estar fazendo isso? Porque não faz nenhum sentido. Me diz que você também não sentiu nada na noite da festa, que não sentiu nada ontem e que não tá sentindo nada agora!

Ele acaba com o pouco espaço entre nós dois e me beija de uma vez. Meu corpo corresponde como se já tivesse ensaiado esses passos várias e várias vezes, as mãos dele passam pelo meu rosto e sobem pelo meu cabelo, nossas peles quentes do sol se tocam, meus dedos passam pela nuca dele e chegam no cabelo macio, eu consigo sentir o cheiro bom que ele tem nos poucos milésimos de segundos que uso para respirar, os lábios quentes dele aquecem meu corpo inteiro e eu começo a precisar de mais, então desço minhas mãos pela barriga dele sem pensar no que pode acontecer.

– Não dá, Ceci, não dá. Eu não posso fazer isso agora. Eu não posso me envolver com ninguém nesse momento. – Ele segura minhas mãos e nos afasta um do outro com cuidado, ele vira de costas e vai para a ponta do barco. Eu fico parada sem conseguir acreditar no que acabou de acontecer, vendo Dylan se afastar.

No tempo em que ficamos distantes sem que eu consiga nem imaginar o que se passa pela cabeça do Dylan atrás desse silêncio que ele está fazendo, percebo finalmente que eu já corri demais atrás das pessoas na minha vida e estou farta disso, o que me faz sentir que é impossível que eu vá até ele para tentar entender ou tentar fazer algo acontecer, ainda que eu deseje isso, ainda que eu deseje mais do que acabou de acontecer, então caminho para o lado oposto do barco, termino de colocar minha blusa e nós voltamos para a costa, para o carro e para o hotel, sem trocar palavras, olhares ou qualquer outro tipo de interação.

Saio rápido do carro assim que chegamos, subo e troco de roupa sem esperar por Dylan que não subiu comigo, tento não me perguntar onde ele está e decido que a melhor coisa a se fazer nesse momento é dar espaço para nós dois pensarmos, e então de alguma forma o que ele disse no barco faz sentido para mim. Faz dias desde o início da viagem e algumas semanas desde o fim com Ryan, tudo está muito rápido, eu também estou com medo, mas parece que as peças ainda não se encaixam. Ele também quer fazer isso, mas eu fico me perguntando qual a razão de ele estar sempre fugindo como se estivéssemos fazendo a pior coisa do mundo.

Horas se passam e Dylan não volta para o quarto, eu fico tanto tempo sentada na bancada da janela lendo meu livro, ou fingindo que estou lendo, que não noto o dia escurecer, mas noto a falta dele e também minha barriga roncando. Desço, mesmo sozinha, para ir até o restaurante jantar, a solidão já não é mais tão problemática para mim quanto vinha sendo nos últimos anos, aos poucos eu vou enfiando na minha cabeça a ideia de que é preciso estar sozinha para estar acompanhada, além de ter começado a apreciar o tempo que agora eu tenho para ler meus livros e assistir meus filmes repetidas vezes sem ninguém me dizer que isso não faz o menor sentido.

Desço pelo elevador e caminho até o restaurante, dando uma rápida olhadinha para o bar, quando avisto Dylan sentado com a cabeça apoiada em um dos seus punhos fechado, olhando para o copo, sentado sozinho e usando a mesma roupa que usava no barco de manhã. Meu coração se enche de um sentimento bom quando vejo que ele está bem fisicamente, mas a expressão no rosto dele é de tristeza, então decido me aproximar para conversarmos e colocarmos as coisas no lugar, afinal da última vez foi ele quem tentou consertar a situação. Antes que eu consiga chegar até ele, outra pessoa se aproxima, uma mulher alta de cabelos loiros, os fios ondulados caindo nas costas e um sorriso tão branco que poderia cegar alguém. ela está vestindo um biquíni azul por baixo da roupa branca transparente e longa, os óculos prendendo os cabelos e as mãos passeantes pelo braço esquerdo de Dylan enquanto ela fala com ele em italiano, eu consigo ouvir quando ele fala de volta sorrindo, tento me conter mas então ela se aproxima dele e quase beija sua boca, o ciúmes e a raiva tomam conta de mim, mas Dylan e eu não estamos juntos e ele pode fazer o que quiser. Me viro depressa para ir embora, mas esbarro em um vaso de plantas que fica ao lado da porta, a queda causa um barulho alto e sem olhar para trás eu saio andando do bar depressa porque sei que com certeza Dylan e todo o resto do restaurante me viram, inclusive a mulher que ele estava beijando, quando apenas algumas horas atrás ele falou que não poderia se envolver agora.

Saio andando o mais rápido que consigo para ficar o mais longe possível de Dylan, a raiva se dissipa pelas extremidades do meu corpo fazendo minhas mãos se contraírem e meus pés baterem com força, até que escuto passos rápidos atrás de mim e sinto a mão de Dylan segurar meu braço dentro do elevador enquanto a porta fecha atrás de nós dois.

— Espera, Cecília!

— O que foi, Dylan? Eu já entendi! Eu já entendi qual é o problema e por que você não pode se envolver agora. Não precisa se preocupar, eu não vou atrapalhar seus casinhos. — Digo com um sorriso irônico antes que ele consiga se defender.

— Não é isso. O quê? Do que você tá falando? Você não sabe o que aconteceu. — Ele diz calmo, tentando explicar.

— Eu sei, Dylan. Eu não sou cega! Nós saímos juntos, você fugiu usando uma desculpa fajuta e agora está beijando outra mulher no hall do hotel em que estamos hospedados. Qual parte você acha que eu não consegui ver direito? Ah, tem também a parte em que você nem sequer voltou para o quarto, deixa eu adivinhar... Você vai dormir em outro quarto essa noite, certo? — Chegamos no nosso andar e ficamos parados de frente um para o outro no corredor, eu despejando toda a minha raiva nas palavras.

— O quê? Não! — Ele parece confuso. — Calma, Cecília, não é nada disso e eu preciso te explicar. — Ele tenta falar mas é cortado várias e várias vezes pelas minhas frases cheias de raiva, ressentimento e ciúmes.

— Não precisa me explicar nada, nós não estamos juntos e não somos absolutamente nada um do outro. — Me viro e ando em direção ao quarto. — E acho que a melhor opção é mesmo nós dormirmos em quartos separados, vou ligar para a recepção e arrumar um.

Sem que eu espere e de uma vez ele anda atrás de mim e me puxa pelo braço me virando para ele, então ele beija minha boca e pressiona nossos corpos um contra o outro, sua mão segura minha cintura, meu coração acelera e essa é de longe a melhor forma que alguém já encontrou de me calar. Mesmo depois de tudo o que aconteceu nos últimos dias, mesmo depois de ele me dizer que não pode fazer isso e de me deixar cada vez mais confusa, ainda assim eu quero que ele continue de uma vez. Ele me encosta na parede do corredor devagar e coloca um dos braços apoiados na parede acima da minha cabeça, afastando sua boca da minha com a respiração ofegante, beijando meus lábios mais uma vez e afastando de novo, como se não conseguisse mais controlar a vontade de estar ali comigo, sua outra mão está na minha cintura, ele está de olhos fechados e com o rosto a uma distância capaz de fazer todo o meu corpo ficar dormente, sua voz toma conta de mim.

— Eu preciso que me diga que quer.

Cada palavra que sai da boca dele parece fazer os pelos do meu corpo esquecerem qual o lugar de origem deles e minha cabeça pensar nas coisas mais insanas possíveis para esse momento.

— Eu não sei o que você quer dizer… — Minha voz quase não sai e minhas mãos repousam de leve na cintura dele.

— Eu não posso fazer isso se você não me disser que quer. Eu quero ouvir você dizer que quer.

Meu coração está tão acelerado que quase erra as batidas e minha respiração ofegante responde a pergunta, mas o "sim" fica bem claro quando aproximo a minha boca dos lábios dele esquecendo completamente do que acabou de acontecer no bar.

Como se precisasse só mesmo da resposta, Dylan me pressiona de uma vez contra a parede e me beija segurando meu rosto com as duas mãos, seu corpo finalmente encostando completamente e sem medo no meu, suas mãos passeando pelo meu corpo, descendo pela minha cintura e subindo por dentro da minha roupa enquanto nossas bocas se encaixam perfeitamente me causando sensações que eu achei que não pudesse sentir com outra pessoa, só sozinha. Todas as partes dos nossos corpos conversam, nossas línguas, nossas pernas, absolutamente tudo é perfeito, exceto pelo fato de que estamos no meio do corredor, mas isso não faz a menor diferença para nenhum de nós dois quando ninguém interrompe o beijo ao ouvirmos o barulho de uma porta. Minhas mãos seguram o pescoço dele e nossas bocas se desgrudam pela primeira vez desde o início, uso esse tempo pra recuperar o fôlego enquanto Dylan beija meu rosto, meu pescoço e meus ombros enquanto segura minha cintura e desce a mão pela minha perna, seus dedos tocando a minha pele devagar, e eu solto um gemido baixo e coloco a mão na boca para que ninguém consiga ouvir. Tudo está acontecendo rápido e mesmo assim o ritmo é perfeito. Por cima da calça dele, eu consigo sentir que ele também gosta do que está acontecendo, mas enquanto eu só quero que a gente esteja a sós em algum lugar em que possamos tirar a roupa toda, ele parece começar a ficar hesitante, então para de me beijar e volta à posição anterior, mas agora com os dois braços acima da minha cabeça apoiados na parede do corredor, sua respiração muito perto do meu rosto, minha boca buscando a dele outra vez enquanto ele corresponde, mas para logo em seguida,. Meu batom pela primeira vez em anos está borrado por um ótimo motivo ao invés de um motivo ruim, minha roupa sem saber exatamente como se manter em mim e alguns segundos de silêncio pairam entre nós dois.

– Tá tudo bem? – Pergunto.

Dylan continua em silêncio, então insisto.

– Você não gostou? Você não quer?

Ele dá uma risada sarcástica que esconde alguma frase que ele quer dizer mas não pode, não consegue ou só não quer, eu não sei identificar e isso me deixa um pouco ansiosa, então começo a me afastar arrumando minha roupa quando ele segura minha mão.

– Eu quero. Eu quero muito. Você não imagina o quanto eu tenho pensado nisso. Mas você sabe o que estamos fazendo tanto quanto eu. – Seus olhos claros encarando os meus.

– Isso é por você e Ryan serem amigos?

– Nós somos amigos, você é a ex-namorada dele, tudo é recente.

Sinto meu coração apertar e meu estômago embrulhar de novo, como senti há algumas semanas quando Ryan terminou comigo, acho que a decepção fica clara no meu rosto porque nesse momento Dylan me beija de novo, dessa vez começando devagar com um selinho e uma das mãos indo parar em uma das minhas bochechas, tão perto assim eu consigo sentir o cheiro doce dele de novo, como nos outros dias, e esse cheiro causa um efeito diferente em mim, um efeito bom.

– Eu não consigo mais evitar isso e se você não quiser que isso aconteça você vai ter que me dizer, Cecília. – Ele parece inseguro por alguma razão, mas também parece estar chegando ao limite.

Não digo nada e meu silêncio curto confirma o que eu quero, então em um instante todo nosso pudor, as inseguranças e os medos deixam o ambiente onde estamos, andamos nos agarrando e cambaleando até a porta do nosso quarto e entramos, eu empurrando Dylan até a cama, caímos juntos e eu sento por cima dele, suas mãos sobem pelas minhas coxas em uma velocidade muito satisfatória, suficientemente boa para eu aproveitar cada segundo, mas rápida o suficiente para realizar as coisas nas quais eu já venho pensando há dias. Seus dedos encontram a lateral da minha calcinha e apertam meu quadril enquanto me inclino por cima dele para alcançar sua boca. O que já estava claro fica ainda mais evidente quando sinto, por cima de sua calça, que ele está tão excitado quanto eu, e sem precisar que eu diga nada, ele sobe as mãos e tira meu vestido do meu corpo enquanto nossos lábios e nossas línguas dançam juntos. Suas mãos grandes passeiam pelas minhas costas e descem para a minha bunda, ele me segura firme como se nunca mais fosse me soltar. Nessa hora eu só consigo pensar no quanto eu vinha sonhando com esse momento e nas milhares de coisas que quero fazer com ele, em todos os pensamentos que eu evitei durante a noite antes de dormir e no quanto quero que ele me finalmente me coma, então levo meus lábios até seu ouvido e peço que ele faça exatamente o que eu preciso. Depois de me ouvir sussurrar seus olhos encontram os meus e um sorriso safado brota em seu rosto como se eu tivesse dito tudo o que ele precisa ouvir, seu olhar doce já não faz mais parte desse momento, porque agora seus olhos são vorazes e seu corpo inteiro combina com eles. Dylan me segura firme, com as pernas presas à cintura dele, e devagar me deita na cama, sua pele quente encostando na minha e sua mão segurando meu pescoço, nossas bocas não se desgrudam em nenhum momento e mordo seus lábios em vários intervalos do nosso beijo demorado, então ele começa a passear sua boca por mim. Ele se afasta dos meus lábios e beija meu pescoço devagar, minha cabeça se inclina para trás e a cada centímetro da descida minhas mãos apertam cada vez mais forte o cobertor, ele caminha pelos meus peitos, segurando com as mãos enquanto os lambe e depois beija minha barriga descendo suas mãos até as minhas pernas, ele afasta minhas coxas e se ajeita confortavelmente bem no meio, de uma forma tão natural, como se ali fosse o lugar dele, como se soubesse exatamente o que está fazendo, porque sabe. Suas mãos passeiam pelas minhas coxas e as apertam repetidas vezes enquanto sua boca finalmente chega aonde eu desejo tanto. Antes de começar ele parece se lembrar mais uma vez da promessa que fez a Ryan sobre cuidar bem de mim nessa viagem, eu não sei se é pensar nisso ou parar de pensar nisso que faz ele continuar e me chupar de um jeito que absolutamente ninguém nunca tinha feito antes. As mãos dele me segurando fazem com que eu me sinta completamente segura, sem nenhuma vergonha dessa situação, e não preciso que as luzes sejam apagadas então só me entrego enquanto vejo, entre um suspiro e outro, ele me olhar e gemer com a boca em mim. Consigo enxergar que ele gosta de me ver assim, rendida e totalmente vulnerável, e eu gosto de dar exatamente o que ele quer. Sua língua me lambe e me chupa em um ritmo perfeito, sua boca quente me aquece mas ainda assim meu corpo se arrepia como se eu estivesse morrendo de frio, meus gemidos são a trilha sonora desse momento e minhas unhas deixam marcas em seus braços e em suas mãos, e quando estou chegando ao orgasmo várias vezes sinto que elas afundam na sua pele, mas Dylan não recua, não se afasta, como se não quisesse atrapalhar esse momento. Eu tenho orgasmos o suficiente para esquecer meu próprio nome e só me lembrar do dele, o suficiente para não aguentar esperar que ele finalmente me coma de uma vez, então começo a pedir por favor repetidamente. Vejo ele afastar sua boca de mim e sorrir quando me escuta, então ele se levanta e para de pé na minha frente, abrindo o zíper da calça. Quando eu olho para ele assim, tão poderoso sobre mim, sentindo que ele pode fazer o que quiser comigo, o tesão toma conta de todas as minhas células e eu sei que não vou negar nada que Dylan queira. Ele ergue a mão por cima da minha cabeça e abre a gaveta que fica na mesinha ao lado da cama, tira uma camisinha de dentro dela, abre o pacote com o dente e a coloca, então sinto um pouco do peso do seu corpo começar a cair por cima do meu. Ele se apoia em uma das mãos e com a outra se encaixa dentro de mim devagar, nossos olhos focados, nós mal piscamos e eu desejo poder gravar esse momento na minha memória. Sentir ele dentro de mim é ainda melhor do que eu pude imaginar, sentir seus movimentos ritmados e ouvi-lo chamar meu nome enquanto tenta manter os olhos abertos é uma amostra do paraíso. Às vezes seu rosto se esconde no meu cabelo e consigo escutá-lo bem próximo da minha orelha, nesses momentos coloco minhas pernas em volta da sua cintura e o puxo para ainda mais perto, o que faz ele gemer mais. As sensações desse momento são estranhas para mim, mas inigualavelmente prazerosas, aquele cara gentil que tem um sorriso doce se misturando com um homem dominante que eu ainda não conhecia, o homem mais gostoso com quem eu já transei na vida, essa mistura causa um calor que penetra meus poros e chega no meu coração, e eu não consigo me decidir se gosto mais da versão dele fora da cama ou em cima de mim, mas não quero ter que escolher.

Depois que gozamos uma, duas e muitas outras vezes, em tantas posições diferentes que eu até perco a conta, nós deitamos juntos, exaustos, um pouco suados e em silêncio, mas não um silêncio constrangedor, na verdade parece até um silêncio confortável demais para um cara que parecia em dúvida sobre prosseguir depois de começar a me beijar no corredor. Puxo o lençol para cobrir meu corpo e Dylan se cobre também, me puxando para que eu fique mais próxima dele, deito no seu ombro com a mão sobre seu peito e sinto ele beijar meu cabelo. Olho para ele e sorrio, então ele sorri de volta e todo o meu corpo treme. Tenho medo de estar sentindo isso sozinha, mas agora quero só aproveitar esse momento. A mão de Dylan encontra a minha e me ajeito de uma forma que consigamos nos olhar, ele dá um beijo demorado na minha testa, depois no meu rosto e mais um na minha boca, o último me faz sorrir e nós sorrimos juntos. Me ajeito ao lado dele na cama e ele se apoia sobre o cotovelo ficando de lado para me encarar, nós ainda não falamos nada, mas continuamos sorrindo; Seu indicador tira uma mecha de cabelo do meu rosto e ele passeia os dedos pela minha bochecha, eu fecho os olhos como se me privar da visão fosse intensificar meus outros sentidos, como se eu tentasse guardar esse momento para sempre na memória; estar aqui me faz sentir que não preciso dizer nada, não precisamos de palavras, nossos corpos já estão falando tudo o que precisamos saber. Aproximo outra vez meus lábios de Dylan e começo a beijá-lo de novo, sua mão começa a invadir lentamente meus fios de cabelo e para logo atrás da minha cabeça, ele abandona o apoio no cotovelo e se inclina quase por cima de mim, e consigo sentir outra vez onde esse beijo vai dar. Nossas línguas agora se tocam mais devagar, elas se encontram quentes dentro das nossas bocas coladas, e a mão de Dylan desce do meu cabelo e faz todo o caminho da lateral do meu corpo, um movimento que me deixa tão excitada que deixo escapar um gemido. Ele sorri quando me escuta e direciona meu corpo para que eu deite de costas na cama, seus dedos caminham por baixo do lençol que cobre meu corpo e ele se apoia no braço ao meu lado, beijando meu rosto, meu ombro, até que sinto sua mão se encaixar no meio das minhas pernas. No exato momento em que Dylan me toca, meu corpo inteiro corresponde, sinto seus dedos escorregarem com facilidade para dentro de mim e seu polegar complementar o momento, ele move os dedos em movimentos suaves e minhas mãos apertam a cama outra vez. Meus gemidos são mais altos e Dylan se aproxima para ouvi-los melhor, ele gosta de me ouvir e eu gosto que me ouça. Quanto mais percebo que ele gosta do que eu faço, mais eu quero fazer. Dylan percebe quando estou chegando perto do orgasmo outra vez, então ele aumenta a velocidade dos movimentos e eu o puxo para perto agarrando-o pelo pescoço com uma das mãos e enfiando a outra nos seus cabelos, beijo sua boca e ele corresponde sem parar o que está fazendo e a combinação dessas duas coisas me leva ao céu outra vez, meus gemidos quase ecoam dentro da boca de Dylan semiaberta em um sorriso e vão diminuindo conforme meu corpo vai relaxando ao lado dele. Ele beija minha testa outra vez enquanto estou de olhos fechados tentando me recuperar, depois beija meu rosto e faz carinho na minha pele parado bem ao meu lado, me olhando, ainda em silêncio.

– Porra, Cecília... – Seus olhos ainda parecem me devorar, mas agora de um jeito mais suave.

– Ceci. – Eu sorrio enrubescendo porque sei exatamente o que ele quer dizer.

– Porra... – Ele ainda toca meu rosto, seus olhos parecendo escanear cada parte de mim.

– Fala outra coisa. – Eu sorrio.

– Caralho! – Ele fala quase chocado e eu solto um riso um pouco tímido.

– Para! – Nós rimos juntos.

– Você é linda.

– Se você ficar falando essas coisas eu vou ficar da cor de um tomate, não vai ser legal.

– Não tem problema, você vai ficar linda assim também. – Ele ri, se ajeitando na cama ao meu lado, se apoiando outra vez no cotovelo.

– Você... a gente... isso... – Olho para o teto e quase rio com a mão no cabelo pensando melhor no que acabou de acontecer.

– Tá arrependida? – Uma pequena ruga na sua expressão me diz que ele fica um pouco preocupado com o meu comentário.

– Não. Claro que não. Eu só não esperava mesmo que isso fosse acontecer. – Sorrio, virando meu olhar para ele.

– Não pareceu que você nunca tinha pensado nisso na noite da praia. – Ele ri um sorriso de canto quase irônico.

– Ha-ha! São situações diferentes. – Eu rio. – É claro que eu já pensei nisso, mas quero dizer que nunca pensei nisso antes de estarmos aqui juntos. Quando viemos pra cá eu achei de verdade que essa viagem seria chata e entediante.

– Estou suprindo suas expectativas?

– Com certeza não. Parece que você tem alguma coisa muito séria contra as minhas expectativas porque você está quebrando uma por uma. – Nós rimos. – E você? Já tinha pensado nisso? Digo... desde que chegamos aqui. – Me preocupo em pontuar a fim de não deixá-lo tímido caso pareça que estou perguntando se ele já quis transar com a namorada do melhor amigo.

– Sim... muitas vezes. – Seu olhar vaga pelo quarto. – Eu pensei muito nisso, e em várias noites quis te acordar e te beijar pra descobrir se você também.

– E por que não fez isso?

– Porque você merece mais. Você não merece que um cara te acorde do nada no meio da noite pra te deixar confusa. Além disso, tem Ryan e Boston.

– O que tem Boston?

– As coisas podem ser confusas quando a gente voltar, você não acha?

– Eu não quero pensar agora em quando a gente voltar, tá bem? – Sorrio. – Eu quero aproveitar essa viagem, esse momento, quero ser feliz aqui e agora, pensar em Boston quando formos para Boston. – Nossos olhares se encontram como se Dylan ainda tivesse mais para dizer, mas ele evita falar, já que eu não quero continuar o assunto.

– Tá certo. Se é o que você quer, é o que você vai ter. Me diz o que você quer e eu vou te dar, sempre.

Meu coração acelera quando escuto sua voz suave dizer e seu olhar revezar entre meus lábios e meus olhos, me aproximo dele e beijo seus lábios outra vez, dessa vez só um selinho rápido, então ele se ajeita na cama e me coloca outra vez junto ao seu peito, unindo sua boca ao topo da minha cabeça e me abraçando. Sua mão me faz carinho e nós ficamos outra vez em silêncio, Dylan estende o braço para desligar o abajour e nós pegamos no sono no quarto escuro, iluminado somente pela luz da lua que espia nós dois pela janela.

Capítulo 7

Acordo com a luz do sol iluminando o quarto e esquentando meu rosto, mas dessa vez eu não me lembro de Ryan e nem da luz do sol que entrou pela janela do meu quarto no dia seguinte ao dia do nosso término, a primeira coisa que sinto é uma felicidade genuína que se intensifica ainda mais quando viro para o outro lado da cama e abro devagar os olhos encontrando Dylan. Ele está sentado na namoradeira, vestindo um short azul, sem camisa, e essa visão me faz morder meus lábios disfarçadamente. Ele está mexendo no celular com uma mão e apoiado com o rosto na outra, com o dedo indicador sobre os lábios, e quando me vê abrir os olhos larga o aparelho em cima da mesa de cabeceira depressa e me dá um sorriso leve, que me parece uma mistura de felicidade e culpa ao mesmo tempo. Abraçada à coberta, ainda nua, olho pra ele e sorrio com a boca e com os olhos, sabendo que essa interação tão pequena significa que agora estamos juntos.

Levanto nua, deixo a coberta cair e ouço Dylan rir baixinho quando caminho até o banheiro tentando provocá-lo. Ligo o chuveiro com a porta aberta pela primeira vez, um convite que ele aceita entrando logo depois de mim. A água quente do chuveiro molha meu cabelo, e quando Dylan entra nossos olhos conversam outra vez e nós nos comunicamos apenas assim, ele coloca suas mãos nos meus ombros e me vira de costas para ele, então começa a massagear minhas costas de um jeito suave, tirando toda a tensão que se acumulou ali. Nossas risadinhas ecoam no ambiente, ele se aproxima mais de mim e me abraça por trás, consigo sentir seu corpo inteiro e recosto minha cabeça em seu ombro de olhos fechados.

– Quero te levar em um lugar hoje – Vejo ele sorrir quando abro meus olhos.

– Tá bom. – Eu sorrio de volta e me viro para ele buscando um beijo que começa inocente mas que flui para o começo de algo mais.

– Você só pensa nisso? – Ele ri enquanto o beijo.

– E você não? – Sorrio e afasto nossas bocas.

– Não, eu penso em muitas outras coisas, mas agora eu estou pensando nisso. – Nós rimos.

Usamos o tempo seguinte para transarmos outra vez, Dylan me puxa para o seu colo enroscando minhas pernas na sua cintura, o banheiro vira nosso cenário e nossos gemidos são a trilha sonora que nos faz perder o café da manhã.

Saímos do quarto de mãos dadas e descemos juntos, abraço o braço de Dylan com uma das mãos enquanto nossos dedos se seguram com a outra. Nós conversamos sobre Boston, sobre nossos amigos, mas não tocamos no nome de Ryan, nossa conversa é divertida e nós chegamos ao hall do hotel rindo juntos. Assim que a porta do elevador se abre vejo a mulher que estava com Dylan na noite anterior parada bem na nossa frente, isso me faz lembrar do que aconteceu e de tudo o que eu ignorei, meu corpo congela e minha expressão toda muda fazendo Dylan olhar para frente e perceber o que acabou de acontecer. Saio andando depressa com raiva na direção do pátio do hotel e Dylan vem atrás tentando me acompanhar.

— Ceci, eu já te falei que não é o que você pensa. Calma aí, me deixa explicar. — Sua voz é tranquila.

— Eu não quero ouvir Dylan. — Tento conter a grosseria que gostaria de despejar nele agora.

— Por favor, Ceci. Me dá só uma chance de explicar, eu prometo que vai valer a pena.

— Tá! tá! Fala. — Digo ríspida, virada de costas pra ele e de frente para a paisagem com meus braços cruzados, o pátio que há alguns dias estava lotado de pessoas dançando agora vazio.

— Você me ouviu falar com ela ontem… no bar… não ouviu? — Olho de relance pra ele de forma irônica e volto meus olhos para a paisagem. — Eu disse "Ho una ragazza". — Ele diz devagar, sorrindo.

— Dylan, o que eu tenho a ver com isso, hein? Eu não quero saber o que você disse pra ela.

— Isso significa "Eu tenho namorada". — Quase me engasgo com a própria saliva quando escuto, meu corpo todo estremece e minhas mãos começam a suar. O ciúme começando a se dissipar conforme as batidas do meu coração aceleram, e um silêncio se acomoda entre nós dois.

— Você falou muito mais que uma frase pra ela, e de qualquer forma ela beijou você. — Tento dizer de uma forma suave, apegada ao pouco de ciúme que ainda está tomando conta de mim.

– Sim, eu falei mesmo. – Ele fica em silêncio e essa frase me causa enjoo. – Antes de você sair correndo sem me deixar explicar, eu disse "Per favore fatti da parte" logo que ela tentou me beijar.

– E que droga isso significa? Por favor, mais tarde vamos pro seu quarto transar? – Ele não contém a risada e se aproxima de mim tocando meu braço e me puxando para ele.

– Não, Ceci. – Ele ri – Significa, "por favor se afaste", que era a única coisa que eu queria dela.

Nesse momento olho para ele ainda emburrada, mas com uma alegria escondida bem nos cantinhos mais escuros do meu coração por saber que a verdade é uma coisa boa, pelo menos vinda de Dylan.

– Tem certeza que foi isso que você disse? – Pergunto olhando para ele, meu rosto ainda vermelho pelo ciúme. – Eu vou olhar no tradutor! – Brinco.

– Certeza absoluta. Mais que absoluta. – Ele ri e aproxima sua boca da minha.

Nos beijamos e o sorriso finalmente volta para o meu rosto, eu me sinto feliz como nunca me senti antes. Resolvo não comentar nada a respeito de ele dizer que tem namorada, com a certeza de que foi só uma desculpa para afastar a desconhecida, tentando me convencer de que ele não quis mesmo dizer que estamos namorando.

Dylan parece estar cheio de algum brilho diferente, ele parece feliz de um jeito real, diferente da felicidade de quanto nos conhecemos, pela primeira vez parece que ele está mesmo feliz, que não está fingindo ou se escondendo, e isso me deixa feliz também.

– Agora nós podemos ter formalmente um primeiro encontro? – Um sorriso quase tímido emoldura seu rosto.

– Levando em conta que nós viajamos juntos, achei que podíamos considerar que já saímos juntos. – Dou uma risadinha.

– Claro. Mas eu sou um cara meio tradicional e quero que a gente tenha um primeiro encontro de verdade, oficial... não como amigos. – Ele completa quase desistindo de terminar a frase.

– Tá bom, senhor tradicional. E dessa vez você vai me contar pra onde vamos? – Seus olhos brilham quando me escuta.

– Claro que não. – Ele ri segurando minha mão e me puxando para sairmos do hotel.

Tudo acontece na Itália **107**

Andamos por muitos minutos sentindo a brisa passar por nós dois até chegarmos à entrada de uma trilha. Começamos a subir por uma rua pequena e asfaltada, então entramos em uma extensão desse caminho, agora coberto por árvores, continuamos andando até que o caminho se estreita tanto que precisamos ficar bem próximos um do outro para passarmos e depois de pouco tempo a subida se transforma em decida e de onde estamos eu já consigo ver nosso destino final, uma espécie de pequena praia deserta.

O barulho da marola na areia e o calor do sol na minha pele me fazem sentir viva. Nós caminhamos pelos grãos quentes em direção a uma toalha listrada azul e branca estendida próximo a uma grande pedra, um piquenique surpresa que Dylan preparou para nós dois, em cima da toalha uma cesta com morangos, mirtilos e mais algumas coisas que eu consigo ver melhor conforme vamos nos aproximando, taças, um balde com gelo e uma bebida que parece vinho esperando para ser apreciado.

– O que é isso? – Rio indo na direção da surpresa fofa que eu com certeza não estava esperando.

– Uma surpresa! – Ele sorri.

– Dylan! – Largo minha bolsa no chão, olho para trás e volto na direção dele que está apenas alguns passos atrás de mim, envolvo meu abraço em seu pescoço sem conseguir conter o sorriso. – Obrigada. – Ele envolve os braços na minha cintura e beija de leve meus lábios. – Como você fez isso? – Pergunto, curiosa.

– Liguei mais cedo pra um amigo que estava me devendo um favor. – O sol deixa seu rosto ainda mais bonito, seus olhos claros me refletindo, seus fios de cabelo ainda mais brilhantes. – Vamos? – Ele aponta com a mão para a toalha no chão.

Nós nos sentamos e Dylan começa a tirar as comidas da cesta, enquanto eu abro algumas embalagens ele pega a bebida e começa a encher as taças.

– Acho que não precisa encher a minha, eu não pretendo mais beber álcool nem tão cedo.

– É suco de uva branca. Eu não quis correr o risco de você querer entrar no mar bêbada de calcinha de novo. – Nós rimos juntos.

– Isso não tem graça. Você vai esquecer isso algum dia?

– Eu te garanto que não vou.

Nós comemos enquanto conversamos, rimos e falamos por horas, como se tivéssemos tanto assunto para colocar em dia agora que falamos um com o outro de forma honesta, que não podemos desperdiçar um segundo. Falamos sobre o que gostamos de fazer, aonde gostamos de ir quando estamos em Boston, conto para Dylan o quanto já fui aficionada por pintura e confesso que eu já pensei em desistir pelo menos dez vezes da faculdade de Direito para cursar História da Arte e trabalhar restaurando obras famosas. Em um momento nos deitamos na toalha afastando a cesta e as comidas, Dylan virado para o céu, eu deitada em seu peito quente sentindo sua mão acarinhar meu cabelo.

— Eu tinha uma irmã mais nova. — Digo depois de uma brecha de silêncio.

— Tinha? Acho que você não me falou dela. — Seu tom de voz curioso acompanha seus olhos que se viram para mim.

— Não mesmo. Eu não falo dela, e de todas as pessoas, só Bailey sabe da existência dela.

— Ela ficou em New Forest? — Sua outra mão pousa na minha, bem em cima do seu peito.

— Ela morreu quando era pequena. — Ele me olha atento e posso sentir sua respiração suave quando ele se aproxima da minha cabeça e beija minha testa com carinho.

— Vocês eram próximas?

— Sim. Meus pais tiveram ela quando eu tinha uns treze anos, minha mãe resolveu engravidar porque jurava que isso ia resolver todos os problemas e nos transformar em uma família feliz. — Solto uma risada falsa. — Ela achava que isso ia fazer meu pai mudar, que quando ele tivesse um bebê de novo dentro de casa as coisas iam ser diferentes já que quando eu nasci ele ficou sóbrio por umas três semanas, eu acho. Foi o golpe de sorte que ela tentou. — Olho para o mar enquanto desabafo, me sinto mais aliviada quando percebo que Dylan sabe algo sobre mim que eu mesma tive vontade de contar, me sinto bem quando penso que estar com ele me faz sentir segura e confiante para me abrir sem medo.

— Sinto muito por isso. — Seus braços me aproximam mais do seu corpo e Dylan desce um pouco para que nossos rostos fiquem frente a frente, sinto o calor da sua respiração bem próximo ao meu nariz, então ele me beija com uma das mãos no meu rosto, me arrancando um sorriso.

– Tudo bem... mesmo. – Eu insisto quando noto o clima triste se aproximando – Ela é uma boa lembrança pra mim. – Sorrio. – O nome dela era Lily. Eles saíram com ela duas semanas antes do natal, de carro. O plano era comprar uma árvore, eu acho, eles não me acharam pra ir junto com eles porque eu estava escondida na casa da Bailey nesse dia, então eles foram às dez da manhã e não voltaram, era só pra eles comprarem a árvore em uma fazenda e voltarem, mas meu pa... Daniel entrou no bistrô perto de lá e bebeu algumas cervejas, suficientes pra ele bater com o carro voltando pra casa. Lily estava no banco de trás, fora da cadeirinha, com o cinto grande demais pra uma criança de um ano e meio, eles estavam discutindo no banco da frente e Daniel não viu o outro carro fazer uma ultrapassagem a tempo de tentar mudar a direção. Ninguém voltou pra casa naquela noite, todos foram direto para o hospital e os vizinhos imaginaram que eu estaria em casa sozinha nessa situação já que não estava com eles, cidade pequena... todos sabem de tudo, então foram me buscar e me levar pra ver meus pais no hospital. Eles sobreviveram, mas Lily não, ela morreu na hora. – Sinto um vento mais forte bater, Dylan está olhando para mim e passa a mão no meu braço quando ele se arrepia com o frio, então pega seu casaco e me cobre, os olhos e ouvidos atentos em mim. – Às vezes eu acho bom, sabe? Que ela não tenha ficado. Eu adoraria que ela tivesse ficado aqui, é claro, mas eu tinha só treze anos, não podia salvá-la daquela casa, e se ela estivesse aqui ou eu teria ido embora e deixado ela lá, pra poder voltar depois e tentar salvá-la, ou ela teria que aguentar tudo aquilo pra sempre. Ela não merecia. – Dylan entrelaça seus dedos nos meus. – Eu não tenho fotos dela, eu não tinha nenhum tipo de celular ou câmera na época, acho que é um pouco por isso que hoje eu gosto de registrar os momentos ao máximo, a gente nunca sabe quando eles vão acabar e o quão falha nossa memória é. Eu quase não me lembro mais dos detalhes da Lily e tinha medo de um dia esquecer por completo.

– Você vai continuar se lembrando. – Parece que sua voz doce entra pelos meus ouvidos e caminha até meu coração para afagá-lo.

– Vou sim, porque eu também dei um jeito nisso. – Sorrio com uma animação contida. – Assim que pude, resolvi começar a tentar pintar, só para pintar como Lily era e garantir que nunca vou me esquecer. A pintura fica no meu quarto e eu guardo uma cópia no armário da faculdade. Ela é a única coisa da qual quero me lembrar da minha infância em casa.

– Você realmente faz tudo, não é? – Ele sorri. – Sinto muito, Ceci. Pela Lily e por tudo o que você viveu. – Seu dedo indicador leva uma mecha do meu cabelo para trás da minha orelha.

– Ela me chamava de Cici – Eu rio. – Ela estava aprendendo a falar e não conseguia pronunciar Ceci, então falava Cici. Essa é uma lembrança feliz pra mim. Hoje só Bailey me chama de Cici, só uma pessoa tão íntima me chamaria assim. – Dylan tem um sorriso singelo estampado no rosto enquanto escuta a história. – Você pode me chamar de Cici, Dylan? – O movimento que sua mão faz subindo e descendo no meu braço para lentamente, seus olhos brilham para mim e Dylan cola os lábios nos meus, um beijo carinhoso, um beijo sorridente.

– É claro que eu posso te chamar de Cici. Eu posso fazer o que você quiser que eu faça.

Suas palavras me invadem sem aviso, me aproximo ainda mais dele e coloco uma das minhas mãos na sua nuca, uno nossos lábios e o beijo intensamente, subo minha mão pelo seu cabelo devagar e busco sua língua com a minha repetidas vezes, me coloco por cima dele e mordo seus lábios me afastando para observá-lo, seu olhar encontra o meu fazendo meu coração tentar fugir de dentro do meu corpo. Nesse momento, quando nos encaramos, sei que estou apaixonada e não tenho mais para onde fugir, decido não falar nada sobre o que estou sentindo, mas meu corpo precisa expressar esse sentimento de alguma forma, e já que não pode ser em palavras eu volto a beijá-lo. Uma das suas mãos segura minha cintura e a outra acaricia minhas costas, me encaixo por cima de uma das suas pernas e deixo minha boca encontrar seu pescoço, vejo seus olhos fechados quando beijo seu queixo e começo a descer para o seu peito.

– Cecília, o que você tá fazendo? – Sua voz baixa me faz perceber que ele está gostando e por isso eu não paro. – Nós estamos em um local público.

– Eu sei.

Coloco minha mão por dentro da camisa de Dylan e acaricio sua barriga, descendo algumas vezes para o botão do seu short ameaçando abri-lo, desço minha boca até sua barriga e a beijo, verificando algumas vezes com os olhos se não tem ninguém por perto para testemunhar esse momento.

– Porra, Cecília! – Ele fala baixinho enquanto sobe uma das mãos pelo meu cabelo e eu entrelaço nossos dedos com a outra mão, voltando para encontrar sua boca.

Beijo-o outra vez encaixando minhas pernas por cima dele, então começo a me movimentar e beijá-lo ao mesmo tempo, uma das suas mãos segurando meu cabelo e a outra segurando a minha bunda.

– Para! – Ele interrompe o que estamos fazendo, me tira de cima dele e começa a guardar as coisas depressa.

– O que foi? – Fico confusa ao seu lado enquanto ele termina de guardar tudo na velocidade da luz. – Aconteceu alguma coisa?

– Você aconteceu. – Ele se levanta, recolhe as coisas e me segura pela mão me puxando para irmos embora.

– Dylan, o que houve? – Ele não me olha e não me responde até chegarmos no carro, quando ele joga as coisas no banco de trás, abre a porta do motorista e me puxa para dentro do carro com ele, me colocando sentada em seu colo e me fazendo rir.

– Você não pode fazer isso comigo assim. – Ele enfia uma das mãos por dentro do meu cabelo puxando minha cabeça para me beijar outra vez. Nosso beijo é molhado e macio, nossos lábios funcionam perfeitamente bem juntos, eu volto a me movimentar por cima dele e tiro minha blusa e meu biquíni ao mesmo tempo, quando ele me vê nua suas mãos sobem para acariciar meus peitos e ele faz isso como se fosse a primeira vez, sua língua escorrega pelo meu pescoço até encontrar meus seios e ele me lambe sem pressa, minhas mãos seguram seu cabelo e meus gemidos tomam conta do carro. Esse momento é suficiente para eu precisar de muito mais, abro o zíper de sua calça e ele busca uma camisinha na carteira colocando-a depressa, antes que suas mãos segurem meu quadril e me puxem para cima dele nos encaixando juntos, nossas testas se encostam uma na outra, meu corpo subindo e descendo em um ritmo perfeito, nossas bocas se unem algumas vezes e o beijo é interrompido por um gemido meu ou dele até eu começar a me movimentar cada vez mais rápido levando nós dois ao orgasmo.

Já é o final da tarde quando acabamos, pulo para o lado do passageiro enquanto Dylan se livra da camisinha, paro sentada de lado com a cabeça apoiada no banco, ele me olha e segura minha mão sorrindo e nem parece o homem que minutos atrás estava completamente louco fazendo o que queria comigo.

– Você é surpreendente. – Ele me diz enquanto arruma o cabelo caído no meu rosto.

– Você acha? – Sinto minhas bochechas esquentarem.

– Se tem uma coisa da qual eu tenho certeza nessa vida, é isso. – Ele sorri e eu me inclino para beijá-lo outra vez, um beijo lento e demorado.

– Não começa. – Nós rimos enquanto volto a ocupar meu lugar. – Você tá me deixando exausto. – Nossos olhos se encontram. – Vamos voltar para o hotel?

– Vamos, seria ótimo. Eu preciso de um banho.

Voltamos para o hotel com planos de jantar no quarto. No caminho nós ouvimos música e eu faço questão de cantar bem alto para fazer Dylan rir, o que funciona. Conto para ele sobre os cantores e cantoras de quem sou fã e sobre minha paixonite em cantores de música *country*, a época mais sombria da minha adolescência, e ele ri tanto que fica sem fôlego.

Chegando no hotel nós estacionamos e resolvemos voltar algumas ruas andando para comprar frutas diferentes que vimos em uma banquinha na porta de uma casa quando passamos de carro. Depois de caminhar um pouco e antes de virar a última esquina que nos separa do nosso destino final, dou cara com Jake, irmão mais velho de Bailey, e fico completamente em choque e feliz.

– Jake??? Meu deus, o que você tá fazendo aqui? – Solto a mão de Dylan e pulo para o abraço de Jake, que está sozinho.

Jake foi uma parte muito importante da minha infância, ele sempre esteve lá quando eu precisei, até mesmo depois que eu cresci, e de todos os irmãos da Bailey, com certeza Jake sempre foi o mais próximo de mim. Na época ele era um garoto bonito por quem quase todas as meninas da cidade eram completamente apaixonadas, mas ele nunca me deixava sozinha para ficar com nenhuma outra garota e isso sempre me fez sentir que eu nunca o perderia, não importava o que acontecesse ou quem chegasse em sua vida. Hoje ele é um homem, muito bonito por sinal, os últimos anos longe de New Forest foram o suficiente para eu não o ver crescer tanto e ficar tão alto e forte, mas sua pele continua branca como a neve, do jeito que me lembro, já que essa é a única coisa que temos em New Forest, mas agora ela está vermelha, queimada de sol.

– Cici???? Eu não acredito nisso. Meu deus! Como você tá linda! – Ele fala me soltando e me girando pela mão para conferir as diferenças, Dylan observa tudo parado, como um personagem secundário de uma história.

Tudo acontece na Itália   113

– O que você tá fazendo aqui? Como assim? Qual a chance de a gente se encontrar tão, tão longe? – Nós rimos.

– Eu vim de férias com uns amigos, lembra do Phil? Ele veio comigo. – Ele ri e levanta a sobrancelha. – Você tinha uma queda por ele em New Forest.

– Ha-ha! – Eu rio pausadamente. – Você é mesmo muito engraçado. Não me lembra dessas coisas! Isso é passado!

– Eu me mudei pra Boston há seis meses. – Ele muda de assunto.

– O quê? Você está em Boston e não me falou nada? Eu falei com Bailey na semana passada e ela nem tocou no assunto! Que traidora! – O sorriso não abandona meu rosto e nossas mãos se seguram.

– Fui eu que pedi pra ela não te contar, queria te fazer uma surpresa! – Nesse momento, me lembro de Dylan e o puxo animada para a conversa.

– Esse é meu... – Minha voz vacila quando reparo que não conversamos ainda sobre o que somos um do outro. – Hã... nós... – Tento encontrar as palavras, meu olhar pulando de Dylan para Jake.

– Eu sou o Dylan, prazer. – Dylan estende a mão para Jake com um sorriso meio sem graça.

– Muito prazer, cara. Eu sou o Jake. – Jake o cumprimenta de volta. – Eu pedi para Bailey não te dizer e pretendia falar com você, te chamar pra almoçar, um café, mas foi tudo tão corrido, toda a burocracia da mudança e essa viagem marcada, não tive muito tempo de me organizar.

– Eu sei como é – digo, rindo – Já me mudei pra Boston. – Dylan ainda está parado ao meu lado, olhando para nós dois e depois para os arredores.

– Agora que você já sabe... Surpresa! – Jake balança as mãos. – Vamos sair um dia desses? Café? Um jantar na minha casa, talvez? Você ainda come a comida de New Forest, né? Ou agora é só x-burguer e coca-cola? – Ele ri e coloca uma mecha do meu cabelo atrás da minha orelha.

– Muito engraçadinho! – Rio ironicamente. – É claro que eu topo. – Sinto Dylan me olhar de relance, tentando disfarçar. – Bom, me manda uma mensagem, que tal?

– Eu vou mandar sim. Foi muito bom te ver, Cici. Muito bom mesmo, eu senti saudades.

– Eu também, Jake. – Eu o abraço e ele me afasta segurando minha cabeça com uma das mãos e beijando minha testa quando nos despedimos.

Depois do encontro surpresa, Dylan segue o resto do caminho quieto e responde minhas perguntas com respostas curtas mas nada grosseiras, parece que ele está tentando encontrar uma forma de falar alguma coisa sem parecer chato, então nós voltamos para o hotel praticamente em silêncio.

– Então... – Ele pigarreia mexendo nas frutas dentro da bolsa – Jake é um grande amigo?

– Sim, um grande amigo mesmo! Ele é o irmão mais velho da Bailey, eu não o vejo há, sei lá, anos! – Digo o ajudando, meu tom de voz muito feliz.

– Entendi... e vocês eram só... amigos mesmo? – Seus olhos evitam os meus e eu paro o que estou fazendo para me aproximar dele e segurar seu rosto na minha direção.

– Você tá com ciúmes do Jake? – Sorrio quase rindo, meus braços se apoiando nos ombros dele.

– Não. Não é ciúmes. É só... uma curiosidade. Você me disse que só a Bailey te chama de Cici, mas ele chamou, isso me deixou curioso. – Ele tenta manter a postura de indiferença e falha completamente na missão.

– Jake e eu sempre fomos só amigos, exceto por um curto período de tempo em que eu tive uma quedinha por ele, mas acho que ele nunca soube e foi só isso, a quedinha passou quando me mudei pra Boston. E sobre ele me chamar de Cici, bom... quando digo que a Bailey faz, estou dizendo que toda a família dela faz, a Bailey é tipo um combo pra mim, vem ela e a família de brinde. – Eu rio. – Mas é só isso.

– Entendi. – Ele me olha com uma expressão que não consigo decifrar.

Levo meus lábios até os lábios dele tentando amenizar o clima e o beijo com carinho, fico nas pontas dos pés para alcançar seu rosto com mais facilidade e o agarro com força subindo minhas mãos pelos seus cabelos, paro para olhá-lo por alguns segundos e sorrio quando percebo que estamos juntos, então volto para o nosso beijo sem querer que o momento acabe. Puxo Dylan para mais perto de mim e nos levo até a quina da mesa que está atrás de nós, ele inclina seu corpo sobre o meu e meus dedos passeiam pela sua pele, ele segura minhas coxas com as mãos e me coloca sentada em cima da mesa, ocupando um espaço perfeito bem no meio das minhas pernas. Nós sorrimos um para o outro enquanto nos beijamos, entendendo onde isso vai dar, então busco o olhar de Dylan enquanto deslizo a ponta do meu indicador até seu zíper, dando beijos carinhosos pela sua barriga. Dylan acaricia meu cabelo com uma das mãos e com a outra leva seu polegar até meus lábios, eu desço da mesa e não demora para que eu esteja ajoelhada na sua frente sentindo seu gosto bom na minha boca, ele me olha e percebo o quanto ele gosta do que estou fazendo quando tenta conter sua voz para evitar o barulho. Antes que eu consiga terminar Dylan segura meu braço e me levanta, virando meu corpo de costas para ele, me inclinando sobre a mesa e se encaixando dentro de mim, sinto uma das suas mãos se aconchegar na minha cintura e a outra pressionar minhas costas, meus dedos agarram a beirada da mesa e meu rosto repousa na madeira abaixo de mim. Nós dois estamos na mesma sintonia e qualquer pessoa poderia sentir isso a quilômetros de distância, é como se em um milhão de anos eu nunca mais fosse viver outra conexão física assim. Dylan debruça seu corpo sobre o meu me fazendo gemer mais alto, é como se ele lesse meu pensamento e soubesse exatamente do que eu gosto e o que eu quero, suas mãos apertam minha cintura com mais força e nós chegamos ao orgasmo juntos em um tempo perfeito, combinando em absolutamente tudo. No fim Dylan me leva para perto dele, me abraça por trás enquanto tira meu cabelo do meu rosto, beija minha bochecha e nossos olhos se encontram, nós sorrimos um para o outro e o clima que estava ali antes do sexo simplesmente desaparece e só existe nós dois e minha voz que quer dizer para ele que eu acho que o amo, mas evito dizer essas palavras por achar precipitado demais.

Nós vamos para o banheiro e tomamos um banho juntos, depois voltamos para o quarto, trocamos de roupa e pedimos o jantar, que chega depressa, para a sorte dos nossos estômagos, então nós nos acomodamos na mesa.

— O que você quer fazer quando voltarmos para Boston? — Pergunto despretensiosamente enquanto levo uma batata frita até minha boca.

— Como assim? — Ele não me olha quando pergunta.

— Ué… O que você quer fazer? — Rio. — Onde pretende ir? O que pretende fazer?

— Não pretendo fazer nada ainda. — Ele me responde com uma voz desconfortável.

– Tá tudo bem, Dylan? – Começo a me preocupar de ele estar se sentindo pressionado sobre nós dois.

– Tá, tá sim. – Ele finalmente olha para mim. – Desculpa, eu só tô meio cansado depois de hoje. – Ele sorri e acaricia meu rosto com uma das mãos. – O que você pretende fazer quando voltar?

– Não faço ideia, acho que pretendo evitar todos os lugares onde Ryan estiver, o que significa que eu provavelmente vou passar muito tempo em casa. – Sorrio.

– Você não pode evitar esse encontro pra sempre. Ele não pode ter o poder de te afastar das coisas legais da sua vida.

– É. Eu sei. Mas vai ser complicado, principalmente quando ele souber de nós dois. – Dylan me dá um meio sorriso quando digo. – Você pode não contar pra ele?

– Posso... eu não pretendia mesmo contar. – Meu estômago se revira quando essas palavras encontram meus ouvidos, minha cabeça fica sem entender exatamente o que isso quer dizer, então não falo mais nada.

Depois do jantar nós nos aconchegamos na cama quentinha debaixo das cobertas e ligamos a televisão, Dylan faz carinho no meu cabelo e olha quase o tempo todo para mim, como se estivesse refletindo sobre alguma coisa, mas não pergunto porque não quero ser invasiva, não quero que ele ache que eu quero respostas, apesar de eu sentir que às vezes preciso delas para ficar mais tranquila. Nós ainda não conversamos sobre nós dois, a viagem está quase no fim e não sabemos como vai ser quando voltarmos para Boston, mas não quero pressioná-lo, então só fico com ele tentando eternizar esse momento o máximo que consigo, driblando os pensamentos negativos que começam a surgir, os questionamentos de se as coisas são para Dylan como são para mim, se ele sente o mesmo que eu. Meus olhos buscam os olhos dele e nós ficamos em silêncio, nossos olhares se sustentando por muito tempo enquanto Dylan faz carinho em uma mecha do meu cabelo. Ele sorri um sorriso curto e depois beija minha testa me abraçando mais forte, fico o mais perto possível dele até pegar no sono.

Capítulo 8

No dia seguinte, nós acordamos juntos pela primeira vez, Dylan me abraçando por trás em uma conchinha da qual eu me recuso a sair pelos primeiros dez minutos quando acordo.

– Bom dia, Cici – Ele beija meu rosto e eu o abraço forte, puxando-o para mais perto de mim.

– Bom dia. A gente pode ficar aqui, tipo, o dia inteiro hoje? Eu quero fingir que essa viagem não vai acabar. – Minha voz soa quase dengosa.

– Se você quer ficar aqui o dia inteiro, nós vamos ficar aqui o dia inteiro. – Ele sorri jogando meu cabelo para trás dos meus ombros. – Eu posso pedir café, depois nós podemos fazer alguma coisa que você queira, tipo... O que você quer fazer?

– Sexo. Ver um filme. Sexo. – Dou uma risada.

– Então teremos filme com sexo. – Ele concorda em um tom doce e engraçado – Eu peço o café e você tira a roupa. – Ele ri enquanto tenta levantar.

– Nããão. Fica aqui, eu não quero que acabe. – Encaro seus olhos azuis esperando que ele me diga qualquer coisa que me tranquilize de que isso não vai acabar na Itália.

– Tá bem. Eu fico mais algum tempo antes de pedir o café. – Ele beija minha testa e me abraça e essa insegurança começa a me deixar irritada, mas não externalizo o sentimento.

Ficamos o dia todo no quarto, e um dia com Dylan parecem três agradáveis e felizes anos. Nós assistimos o sol se pôr sentados de frente um para o outro na bancada da janela e vemos a noite chegar devagar, deitamos na cama, e assistimos filmes, algumas sugestões minhas e outras dele. Nós rimos dos gostos um do outro, pedimos café, almoço e janta, transamos na cama, na namoradeira e perto da janela, colocamos música e dançamos juntos, rimos e todo esse momento parece infinito. Enquanto nossas mãos se tocam e nossos olhos sorriem um para o outro percebo que Dylan não é uma droga da qual vou sentir uma abstinência terrível se ele partir, apesar de eu achar que vai doer, ele se parece bem mais com um conforto, um lugar para onde eu quero voltar mesmo que não precise. Quando eu acho que já estou satisfeita dele, eu o quero outra vez, e ele me corresponde, e assim nós ficamos um dia inteiro comendo, transando e jogando pipoca um no outro entre filmes e comentários, eu de blusa e calcinha, Dylan de shorts de pijama, e nada poderia estar mais perfeito.

Já é tarde da noite quando pegamos no sono assistindo "Meia-noite em Paris", e eu percebo quando Dylan acorda se movimentando devagar para desligar a televisão com o controle. Ele se ajeita na cama com cuidado e me puxa para perto do seu peito, coloca as cobertas sobre mim depois de encostar sua mão na minha pele para conferir se estou com frio, ele tira meu cabelo do meu rosto e eu aperto meu corpo junto ao dele sentindo seu calor, me sentindo confortável e feliz. Nessa noite eu pego no sono sem vestir meus pijamas combinando, e pela primeira vez sinto que não preciso me apegar a isso para provar a mim mesma o quanto estou disposta a cuidar de mim a partir de agora.

Capítulo 9

No dia seguinte nós acordamos para viver uma das nossas últimas aventuras italianas dessas férias, nos apressando para não perder nem um minuto.

Dylan me leva a um lugar que parece um pequeno mirante, com a única diferença que esse lugar não é alto somente para olharmos a vista, já que quando chegamos eu vejo pelo menos uma dúzia de pessoas pulando dali direto para a água verde lá embaixo.

— Você só pode estar brincando! — Eu rio andando até o local e me inclinando devagar para conferir o quão alto estamos.

— Você nunca saltou dessa altura? — Ele sorri tirando os chinelos e a roupa.

— Dessa altura, Dylan? Eu nunca saltei! — Estou rindo e em choque, agarrando a alça da minha bolsa como se ela fosse me segurar ali em cima.

— Ah, você saltou do barco comigo.

— Ha-ha! Muito engraçado. O barco nem chegava a ser alto, é completamente diferente.

— Se você não quiser pular, tudo bem — Ele diz compreensivo se aproximando de mim com as mãos nos meus braços. — Mas se quiser, eu não vou deixar nada de ruim acontecer com você.

Quando Dylan fala me olhando nos olhos desse jeito parece que toda a minha existência se rende a ele da melhor forma possível, seu jeito de falar, de me pedir as coisas com tanto carinho e sinceridade, ele não me manipula a querer, ele faz brotar em mim uma vontade de fazer absolutamente tudo com ele.

— Eu vou. — Digo começando a tirar minha roupa com uma voz quase decidida, e ele sorri. — Ai, meu deus… eu não acredito que eu vou fazer isso. — Rio e me transformo em uma mistura de medo e adrenalina enquanto seguro a mão de Dylan e tento conferir a altura outra vez.

— Não olha pra baixo. — Ele sorri. — Só vamos, sem pensar. Eu vou estar com você.

— Tá… tá ok. — Eu rio adorando me sentir tão protegida quando nós começamos a contar até 3 com o plano de pularmos juntos.

– 1... 2... – Dylan conta enquanto eu dou pulinhos ao seu lado buscando coragem. – 3... – Ele corre na direção do mar assim que a palavra é dita, mas de repente eu largo sua mão e ele pula sozinho, sem ter tempo de decidir esperar por mim.

– Aaaaah! Eu não consigo. – Meu nervosismo toma conta do meu corpo todo e a ansiedade se recusa a me abandonar, recuo agarrado uma pequena árvore enquanto tento encontrar Dylan lá embaixo com meus olhos e vejo que ele já está dentro da água tirando do rosto seu cabelo perfeito.

– Vem! Você consegue. Eu te pego aqui! – Ele sorri acenando com as mãos para eu pular.

– Não dá! – Balanço minhas mãos tentando espantar a tensão. Nessa hora todas as pessoas sentadas próximas ao que eu carinhosamente apelidei de precipício começam a gritar coisas em italiano sorrindo para mim e batendo palmas. – Eu não entendo... – Digo vendo eles começaram a fazer gestos com a mão apontando na direção do mar. – Tá! Ok! – Recuo mais buscando coragem de dar a eles o que eles querem, levo as mãos ao rosto e dou um gritinho no momento em que corro de uma vez sem olhar para trás e salto sem aviso prévio.

Quando eu afundo na água sinto que toda a adrenalina que percorria a minha pele há poucos segundos se transforma aos poucos em felicidade, eu emerjo e respiro fundo sentindo imediatamente a mão de Dylan tocar meu braço.

– Eu consegui! – Rio quase gritando.

– É! Você conseguiu! – Ele sorri e me puxa para um beijo e um abraço, o calor do seu corpo aquecendo o frio que a água gelada causa em mim.

Depois do primeiro salto parece que eu já faço isso há décadas, eu subo tantas vezes para pular de novo que em algum momento Dylan já não aguenta mais me acompanhar e fica só me olhando lá de cima enquanto aproveita o sol.

Depois de muitos e muitos saltos e uma rápida parada para a comida que Dylan comprou para nós em algum restaurante próximo, percebo de dentro da água que o céu começa a mudar de cor. Eu estou sozinha, com apenas alguns desconhecidos ao meu redor, o laranja do pôr do sol ilumina meu rosto e toda aquela paisagem é como uma pintura famosa e rara que eu tenho o privilégio de apreciar intensamente, e é nesse momento que percebo que sou capaz de viver isso sozinha e que

Tudo acontece na Itália   123

aquele vazio da solidão não me faz mais companhia, então eu sorrio e olho para cima, vejo Dylan me observar em um dos meus momentos mais revolucionários desde o dia em que decidi que correria atrás dos meus sonhos longe dos limites de New Forest, ele me observa no momento em que eu sou só Cecília, independente da companhia ou de quem está ao meu redor.

Eu subo para a pedra e termino de assistir ao pôr do sol sentada ao lado de Dylan, minha cabeça descansa no seu ombro e cultivamos um silêncio confortável entre nós dois.

– É uma pena que nós temos que ir embora amanhã. – Digo.

– Eu também acho. – Ele encara a paisagem e eu percebo que nós não falamos sobre nada, que evitamos o assunto, evitamos falar sobre como serão as coisas depois de fecharmos as malas e entrarmos no avião, ou melhor, como serão as coisas quando descermos em Boston.

– Como você acha que vai ser quando a gente voltar? – Pergunto com cuidado.

– Eu não sei… – Sua voz sai tão baixa que começo a pensar que talvez ele não queira continuar essa história em Boston, e apesar de não entender bem o porquê, já que não foi isso que pareceu nos últimos dias, começo a tentar preparar meu coração para essa possibilidade.

Quando voltamos já é noite e nós decidimos jantar no restaurante do hotel, então descemos e sentamos em uma mesa depois de trocarmos de roupa. O jantar é agradável, mas Dylan parece mais quieto que o normal. Ainda assim está sendo carinhoso, e beija minha mão diversas vezes entre uma garfada e outra, mas sua cabeça está em outro lugar. Depois de jantar, nós decidimos ir até o pátio de onde ouvimos uma música instrumental, apesar de ser o mesmo lugar da noite em que Dylan e eu discutimos, agora parece um ambiente totalmente diferente, com uma música tranquila tocando, as pessoas juntas dançando devagar, uma banda calma e zero suor e gritaria. Assim que entramos Dylan me pega pela mão e me puxa para perto, então começamos a dançar. Nesses minutos, com a cabeça aconchegada no seu peito, reflito sobre o quanto nós já estamos íntimos nesse momento da nossa relação meteórica, penso nos segredos e nas coisas profundas a nosso respeito que compartilhamos, escuto sua voz me chamar de Cici em alguma lembrança boa dos últimos dias e não consigo passar direto pelas memórias do que fazemos juntos, só nós dois, mas sinto que apesar de tudo isso, Dylan sempre parece ter mais alguma coisa a dizer, como se ele fosse uma infindável caixa de segredos que eu ainda não consegui desvendar.

— Eu acho que quando voltarmos pra Boston vou largar a Medicina. — Ele diz e eu afasto minha cabeça do seu peito.

— Sério?

— Sim. Eu sou um homem adulto, meu pai não pode me obrigar a terminar o curso, apesar de ter me obrigado a começar. — Ele ri. — Você acha uma boa ideia?

— Isso é verdade... — Rio de volta. — Mas você não acha que ele vai ficar uma fera? Decepcionado ou alguma coisa assim...? — Dylan faz um silêncio de reflexão.

— Talvez... mas depois dessa semana, eu decidi que não tô nem aí pra quem eu vou decepcionar, eu cansei de não fazer o que eu quero porque meu pai não quer, minha mãe não quer, Ryan não quer, Ki... — Ele interrompe a palavra. — Eu vou fazer isso. — Ele sorri para mim.

— Que ótimo. — Eu sorrio de volta um pouco desconfiada da palavra que ele não completa. — Eu acho incrível, Dylan. Você merece ser feliz. — Nesse momento ele me abraça apertado, como se precisasse ouvir isso.

— Vamos subir?

— Não tá muito cedo ainda? — Eu sorrio confusa.

— Eu quero ter uma última noite com você... — Seu sorriso triste começa a deixar meu estômago embrulhado.

— Mas não é como se essa fosse nossa última noite... né? — Pergunto com medo da resposta, uma ansiedade passeando pela minha corrente sanguínea.

— Não... — Ele diz deixando uma lacuna na resposta e nós subimos juntos, de mãos dadas.

Chegando no quarto, eu entro e Dylan fecha a porta logo atrás de mim, meus planos são arrumar as malas, mas ele parece ter outros bem melhores aos quais com certeza eu estou disposta a me render. Ele se aproxima com uma mão na minha cintura e outra na minha nuca e me beija, sua boca é quase possessiva e passeia pela minha, nossas línguas se encontram e enfio minha mão por dentro da sua camisa, segurando suas costas. Nós dois somos como se um fósforo passasse o dia inteiro pronto para ser aceso e precisasse somente de uma faísca para queimar, e é isso que acontece quando nossos corpos se encontram.

Dylan aperta forte meu corpo contra o dele e sinto que isso vai me deixar marcas no dia seguinte, mas eu gosto, ao mesmo tempo começo a pensar se ele não está tão feroz por estar se despedindo de mim e isso me causa um pouco de receio do que vai acontecer quando acabarmos, mas esqueço tudo quando ele me segura no colo e enrosco minhas pernas na sua cintura. Mais que depressa ele nos leva até uma parede próxima, sobe minha saia com as mãos sem a menor dificuldade e se encaixa dentro de mim, enquanto ele se movimenta comigo sua boca passeia pelo meu corpo como se precisasse explorar todos os lugares ao mesmo tempo, como se isso nunca mais fosse acontecer outra vez, ele chupa meu pescoço e usa as mãos para apertar minhas coxas. Com uma pausa curta na pressa ele sai de dentro de mim e se ajoelha na minha frente me olhando com um olhar de quem pede permissão, eu seguro seu rosto com as mãos e sei exatamente onde ele quer chegar, então puxo com leveza sua cabeça, levo sua boca até o meio das minhas pernas e sinto ele começar a me chupar devagar, cada movimento que ele faz resulta em mais um gemido meu, e eu tento me manter nesse momento o máximo que consigo, mas parece que ele tem um manual do meu corpo inteiro porque por mais que eu tente, fica cada vez mais impossível não gozar. Suas mãos apertam as minhas pernas e nossos olhares se encontram por um momento, é tudo o que eu preciso para chegar ao orgasmo enquanto cravo minhas unhas nos seus ombros, uma dor que Dylan suporta com maestria, e sem se importar com as marcas que fiz nele nos últimos segundos ele sorri para mim e eu sei que ele gostou do que acabou de fazer.

Ele se levanta e beija minha boca segurando meu rosto carinhosamente com uma das mãos, então me pega pelas pernas outra vez e me coloca sentada em cima da mesa se posicionando na minha frente, jogo meu corpo para trás e ele tira minha calcinha, nós conversamos pelo olhar e sorrimos um para o outro. Ele aproxima seu corpo do meu se encaixando dentro de mim e então estamos gemendo juntos outra vez. Dylan ergue meus braços acima da minha cabeça e segura meus punhos com força enquanto eu o trago para ainda mais perto com as minhas pernas, nós dois fazemos movimentos que parecem ensaiados de tão sincronizados e isso nos faz gozar juntos. Depois de gozarmos uma vez, Dylan parece querer continuar, mas dessa vez ele desacelera e parece querer aproveitar cada segundo desse momento. Tento afastar os pensamentos do que vai acontecer no dia seguinte, mas me pergunto se ele também está sentindo medo do que está por vir.

Ele se aproxima de mim e beija minha boca outra vez, suas mãos acariciam meu cabelo e ele me segura e me leva até a cama, seu cabelo está suado sobre a testa, seus braços me sustentam e eu me sinto segura. Na cama faço força o suficiente para que eu consiga nos virar e subir em cima de Dylan, e aproveitando o fato de ainda estarmos encaixados um no outro, me movimento em uma velocidade lenta sustentando nosso olhar, as mãos dele passeiam pelas minhas pernas e seus olhos me encaram se fechando somente por alguns milissegundos quando ele não consegue conter o tesão e a voz. Nossos olhares parecem conversar e encosto nossos lábios só o suficiente para que consigamos sentir que estamos juntos, vejo nos olhos dele que ele quer me dizer alguma coisa e sinto as borboletas dançarem dentro do meu estômago gritando com placas e letreiros que eu o amo. O pensamento se esvai quando Dylan nos troca de posição e me coloca debaixo dele outra vez, me sinto bem quando noto que ter esse poder sobre mim é uma coisa da qual ele e eu gostamos. Ele sincroniza seus movimentos com um beijo lento, nós trocamos olhares entre os meus gemidos, ele me observa com atenção e mordo seu lábio inferior, uma das minhas mãos segura seu pescoço, a outra segura suas costas, minhas pernas se entrelaçam cada vez mais forte na cintura dele, minhas unhas apertam sua pele e nós gozamos juntos outra vez.

Com a sensação de que eu estou um pouco maluca, enquanto descansamos juntos na cama com nossas respirações ofegantes, sinto que tudo isso ultrapassou a atração física, como se as borboletas no meu estômago tivessem se libertado de vez e como se meu coração tivesse virado medalhista olímpico em dar saltos dentro do meu peito, e eu nem sei mais se ele está no lugar certo dentro de mim de tão forte que está batendo enquanto estamos aqui, e de alguma forma sinto que pude ver no olhar de Dylan nos últimos quinze minutos que ele também sente alguma coisa por mim. Mas ao mesmo tempo também sinto que alguma coisa, alguma informação passou despercebida ou não chegou até mim ainda.

Ficamos em silêncio juntos, trocando carinhos, Dylan passa os dedos pelo meu cabelo, eu passo a mão pelo seu rosto e nós não colocamos nossas roupas. Depois de meia hora vejo que Dylan pegou no sono e então resolvo levantar para colocar o pijama, me apoio na ponta dos pés e caminho até minha mala que está aberta na namoradeira ao lado da cama, enquanto eu busco um pijama limpo escuto um som de celular e percebo que o de Dylan está embaixo da minha mala, o tiro e levo até a mesa ao lado da cama então percebo que há uma notificação na tela. O nome "Kim" estampa o topo da notificação e não consigo evitar de ler o texto que diz:

"Estou te esperando para conversarmos. Quarta no Sauvage."

E antes que meu estômago consiga receber a informação de que preciso vomitar, outra notificação aparece.

"Eu sei que errei, Dylan. Me desculpe.
Espero poder consertar as coisas."

E então eu entendo tudo.

Sinto como se um balde de água congelante estivesse caindo agora mesmo sobre a minha cabeça fazendo minha pele inteira adormecer, uma mistura de raiva, ciúmes e mágoa se embola dentro do meu peito e eu só consigo pensar em como sou burra por acreditar em alguém tão cedo assim. Uma retrospectiva começa a acontecer dentro da minha cabeça e tudo faz sentido finalmente, o sentimento estranho entre nós dois, o jeito como transamos e como soou como uma despedida, Dylan soltando o celular depressa sempre que me via. Pelo visto os planos dele eram diferentes dos meus sobre a nossa volta para Boston, e isso me atinge como uma batida de carro.

Fico com raiva, mas me forço a ser realista, reflito sobre o fato de que nós não temos nada sério e me lembro de que Dylan nem sequer tocou no assunto, então nós não podemos cobrar nada um do outro em relação a isso. Me esforço para engolir meus sentimentos, deito na cama e fico acordada quase a noite inteira pensando em como os últimos dias foram incríveis e em como agora tudo acabou e eu preciso aceitar.

Capítulo 10

Na manhã seguinte levanto tentando parecer indiferente, mesmo que no meu peito a vontade seja de confrontá-lo e tirar tudo a limpo, mas eu continuo me lembrando de que não tenho esse direito e pensando em como ele vinha deixando isso bem claro nas atitudes e eu nem percebi, mas decido começar a agir de acordo. Dylan acorda e sorri pra mim, eu já estou de pé, arrumada, recolhendo minhas coisas do banheiro e dos cantos do quarto, entrando debaixo da cama para pegar a calcinha que ele arrancou do meu corpo na primeira vez em que transamos. A mesa com comida remexida anuncia o café que eu já tomei, ele se senta na cama colocando a cueca e os shorts, me enviando um olhar confuso quando percebe minha movimentação, então se levanta e anda devagar até mim, erguendo a mão para tocar meu braço, parecendo preocupado.

— Tá tudo bem? — Seus dedos tocam meu braço devagar e esse toque é suficiente para me causar uma pequena falta de ar, como se meu corpo reconhecesse o dele ali tão perto.

— Sim… Tá tudo bem. — Respondo tentando sorrir, evito o contato visual e me desvencilho das mãos dele colocando outra muda de roupas na mala.

— Cici, o que foi?

— Nada, Dylan. Eu já disse. — Perco o controle do meu sentimento e minha voz sai ríspida.

— Espera aí, Cici, vamos conversar. Você pode me dizer o que aconteceu, pode se abrir comigo, confiar em mim. — Sua voz soa compreensiva e ele se aproxima de mim outra vez.

— Ah, claro… — Rio sarcasticamente. — Eu posso confiar em você.

— Claro que sim. — Sua expressão confusa forma pequenos vãos na pele do seu rosto.

— É verdade, Dylan. Você tá certo. Eu posso mesmo confiar em você, afinal de contas você nunca mentiu pra mim, porque nós não falamos nada um pro outro sobre o que sentimos, porque nós não somos nada um do outro e portanto você não me deve absolutamente nada. — Digo terminando de fechar a mala, a confusão no rosto de Dylan ficando mais intensa a cada segundo.

– Do que você tá falando?

– Nós não falamos nada sobre nós dois, só saímos, transamos, compartilhamos segredos íntimos, mas nós não somos nada um do outro. – Paro de frente pra ele, meus braços cruzados, e nossos olhares finalmente se encontram enquanto algo dentro de mim anseia por uma resposta significativa.

– Nós somos alguma coisa um do outro... não é? – A confusão na vez dele começa a se dissipar em tristeza.

– Somos? – O silêncio começa a se aconchegar entre nós quando é cortado por Dylan.

– Eu achava que sim, mas agora eu tô confuso com tudo o que você tá falando. É óbvio que alguma coisa aconteceu, mas eu não sei o que foi.

– Dylan, acabou. A viagem acabou, isso aqui acabou. – Aponto para nós dois. – Quer dizer... não acabou porque nem começou. Mas isso tudo, seja lá o que foi, tá na hora de acabar. – Eu digo enquanto ele me olha atônito. – Eu tô facilitando as coisas pra você. Fazendo o que você não teve coragem. Volta pra Boston e vive sua vida do jeito que você acha que merece, não é da minha conta. Eu vou pro aeroporto agora. – Finalizo o assunto indo na direção da porta com a minha mala pesada.

– Cici, são só... – Ele pega o celular para ver as horas e dá de cara com as notificações na tela, entendendo tudo. – Espera, Cecília. Deixa eu te explicar – Ele vira para trás, mas eu saio batendo a porta atrás de mim.

Entro no primeiro táxi na porta do hotel e vou rumo ao aeroporto pensando em tanta coisa ao mesmo tempo que minha cabeça começa a latejar. Penso nos detalhes dos últimos dias com Dylan, na expectativa que eu sem querer criei de que voltaríamos para Boston juntos e em como teremos que voltar no mesmo avião por umas nove horas, lado a lado sem conversar.

Chego no aeroporto, vou até meu portão de embarque e fico sentada, abro um livro para me distrair mas enquanto olho para as páginas só consigo pensar em Dylan, nas notificações, na padaria dos bolinhos, no salto do barco, no penhasco, no pôr do sol e esses pensamentos são minha única companhia por horas.

Faltam apenas vinte minutos para o embarque começar quando Dylan chega correndo e vem na minha direção.

— Cecília, vamos conversar.

— Eu não quero te ouvir, Dylan. Olha, fica tranquilo. Você não me deve nada.

— Se não devo, por que você tá tão brava? — Ele me questiona atiçando minha raiva já comportada.

— Você é um idiota! — Reviro os olhos.

— Se você tá brava é porque eu devo alguma coisa sim, Cecília, e eu quero dever.

— Quer dever pra mim e pra mais quantas, Dylan? Eu não tô interessada nessa sua brincadeira. Eu acreditei mesmo no que você me disse, que você não era tão galinha quanto todo mundo dizia, mas você não perdeu a chance de ficar com uma e manter a outra em stand by, não é? — Sinto o arrependimento dessas palavras se assentar no meu peito, mas me mantenho firme. Encontro os olhos de Dylan e sei que o magoei, mas por um momento eu gosto disso porque, por mais que eu não queira admitir, ele partiu o meu coração também.

O tempo que levamos do portão de embarque até as poltronas do avião é o tempo que Dylan espera para tentar falar comigo outra vez depois de parecer tentar processar o que eu disse.

— O que você falou foi da boca pra fora, né? — Ele pergunta se virando pra mim.

— Por que você se importa? Tá mais que claro pra mim que tem outra pessoa com quem você precisa falar e de quem você precisa ouvir algumas coisas agora.

— Não é nada disso que você tá pensando, Cecília. Kim vinha me mandando mensagens há dias e eu não respondia, ela insistia e ligava, e antes de ontem eu resolvi responder, respondi sem pensar e disse que nós podíamos conversar quando ela me perguntou se podíamos. — Ele tenta explicar.

— Ah... e você acha que isso melhora as coisas? Antes de ontem em qual momento? Antes ou depois de a gente transar? — Ele sustenta o olhar no meu sem dizer nenhuma palavra. — Meu deus! Foi depois. — Eu falo incrédula entendendo o olhar dele.

— Eu sei que parece péssimo, mas não é pra isso que nós vamos conversar, eu só preciso esclarecer algumas coisas.

— Você acabou de me dizer que respondeu sem pensar, e agora me diz que vocês vão conversar porque você precisa esclarecer as coisas.

Dá pra você falar uma verdade sequer? – Tento manter a voz baixa dentro do avião.

– Tudo o que eu te falei é verdade.

– É, mas tem muitas coisas que você não disse, e esconder também é mentir. – Eu digo chamando a aeromoça com a mão.

– Como posso ajudar? – Ela vem até mim e Dylan nos olha sem entender.

– Esse senhor está me incomodando. Tem alguns lugares vazios nesse voo, posso sentar em outra poltrona? – Dylan suspira com a mão no rosto.

– Claro. Pode vir comigo. – Levanto e vou andando atrás da aeromoça que me guia até um outro lugar mais à frente no avião, um lugar solitário onde posso pensar.

Não quero assumir, mas sei que meu coração está balançado. Me sinto cômica por ter saído do pior relacionamento do mundo e agora estar me sentindo assim pelo melhor amigo do meu ex-namorado patético. Sentada na minha poltrona eu penso na ironia de termos nos separado no avião de ida, nos unido na Itália e nos separado no avião de volta, reflito que talvez a gente só combine na Europa, que é exatamente onde essa história precisa ficar.

Durmo durante o voo, já que quase não consegui descansar na noite anterior, e como estou sentada várias fileiras à frente de Dylan saio primeiro quando pousamos e me apresso para que ele não consiga me alcançar, ando tão depressa pelo aeroporto que quase corro, e entro no primeiro táxi que vejo. Depois que o táxi se movimenta, olho para trás e vejo Dylan chegar correndo na área de táxis, ele me procura com os olhos por alguns segundos até aceitar minha ausência.

Capítulo 11

Desço do carro carregando minha mala verde, subo pelas escadas do prédio marrom com cheiro de casa e bato na porta antes de entrar com medo de encontrar um bumbum pelado outra vez, fico esperando até que Ivy abra a porta pra mim e no momento em que a vejo, ela quase pula de alegria.

— Meu deus! Você não tem celular, não é? Eu te mandei umas mil mensagens pra saber como as coisas estavam indo. — Ela me abraça e pega minha mala fechando a porta. Quando escuto a porta do apartamento fechar atrás de nós as primeiras lágrimas começam a cair, dessa vez não são lágrimas como as que eu derramei por Ryan. Por Ryan eu sentia dor, angústia e desespero, sobre Dylan eu só consigo sentir tristeza e decepção por ele ter quebrado as expectativas que eu criei sozinha.

— O que foi, Ceci? — Ivy solta minha mala e vem até mim me confortando com um abraço. — A viagem foi tão horrível assim? — Ela pergunta passando as mãos nas minhas costas.

— Foi maravilhosa… — Eu choro ainda mais, respondendo ao abraço.

— Ué… não entendi. — Ela fala confusa ainda me afagando.

Nós nos sentamos no sofá e eu conto tudo para ela, cada detalhe, as partes boas, as partes ruins, o sexo, a confusão, os sentimentos, a sensação de que eu não estava mais em um estado de dependência de ninguém, tudo o que eu vivi nesses poucos dias longe de casa, mas que pareceram uma vida inteira, e é claro, conto sobre o celular e as mensagens.

— Eu sou bem burra, né? Eu fui lá pra ficar bem, pra ficar ótima.

— Mas você está ótima, Ceci. Não é porque você agora é uma mulher mais segura e independente que você vai deixar de amar, sofrer. Gostar das pessoas pode ser um pouquinho doloroso às vezes, principalmente quando vocês não conversaram sobre o que sentem um pelo outro. — Ela me olha erguendo as sobrancelhas.

— É… e tá doendo mesmo. Mas não valeu a pena. — Digo triste, de cabeça quase baixa, o cotovelo apoiado no sofá enquanto mexo com a outra mão na manta que o cobre. — Agora ele deve estar planejando encontrar com ela depois de amanhã, e o pior é que eu sei exatamente onde o encontro vai ser.

– Não. Nem pense nisso, Cecília. Você não vai se torturar. Se o cara quer voltar com a ex péssima dele isso não é problema seu, e você não vai se arrastar por ninguém.

– Não, não vou. Mas eu acho que se eu o visse com ela, eu destruiria de vez a imagem que criei dele nesses dias, e isso me faria... esquecer.

– Isso é a maior enganação do planeta Terra. Você disse que o cara pegou ela na cama com o colega de quarto dele e ele ainda vai conversar com ela. Ele mesmo provou que essa estratégia é péssima. – Ela apresenta um bom argumento, como sempre.

– É hora de deixar pra lá... – Limpo as lágrimas com as costas da mão. – Ele é livre, pode fazer o que quiser... e eu também.

– Isso aí, garota! Levanta essa cabeça. Tem muito homem bom em Boston, eu sei bem disso. – Ela ri. – Posso te apresentar alguns. – Sorrio com olhos tristes quando escuto ela dizer.

Depois de conversar com Ivy, vou para o meu quarto desfazer as malas e ligar para Bailey, conto tudo a ela enquanto jogo as roupas sujas no cesto perto da cômoda, escuto as dúzias de xingamentos e palavras que eu nem conhecia quando ela expressa o choque e a raiva enquanto, como de costume, compra minhas dores em relação ao que aconteceu. Eu sei que se ela pudesse já estaria aqui toda super protetora determinada a acabar com a raça do Dylan, mas ela está bem longe e, por pior que seja, aceito a ideia de que isso não vai ser possível, dessa vez eu vou ter que resolver minhas questões sozinha, sem Ryan, sem Bailey, só Cecília, a Cecília que eu encontrei no mar da Itália vendo o pôr do sol. É hora de tirar essa Cecília da teoria.

Durante minha conversa com Bailey falamos sobre eu ter encontrado Jake na Itália, e isso me faz lembrar do convite que ele me fez, e resolvo que ligar para ele é uma ótima ideia, eu preciso estar com um amigo, um que me faça rir, um que me conheça bem, e ele é a pessoa mais próxima disso para mim em Boston. Bailey me passa o número do telefone novo de Jake, e assim que desligamos eu digito a sequência numérica e ouço o telefone chamar, torcendo para que ele não esteja mais na Itália.

– Alô? – Uma voz grave surge do outro lado da linha depois de três chamadas.

– Jake? – Sento na beira da cama segurando o celular.

– Cici?

– É... Oi... – Dou uma risadinha. – Desculpa te ligar assim do nada, sei que você ficou de me mandar mensagem quando a gente pudesse se encontrar pra um café.

– Cici, você pode me ligar sempre. – Sinto sua voz sorrir do outro lado da linha e isso me faz sorrir.

– Hum... você ainda tá na Itália? – Pergunto quase gaguejando, evitando ser invasiva.

– Tô. Tô sim. – O desânimo começa a se aninhar no meu peito quando ele diz. – Mas eu volto amanhã.

– Ah... que bom! – Um sorriso de alívio emoldura meu rosto. – Que ótimo. Eu meio que tô precisando muito de uma companhia, conversar com alguém.

– Café amanhã à tarde? Eu chego cedo em Boston, podemos nos encontrar a tarde na Tatte. Que tal?

– Ótimo, por mim tá ótimo.

– Então tá, nos vemos lá às 15h?

– Tá perfeito. Até lá. E obrigada, Jake.

Quando desligamos continuo desfazendo minha mala, percebo que já está começando a escurecer quando Ivy vem até a porta do meu quarto se despedir me avisando que vai sair com Nic. Encontro nesse momento a oportunidade perfeita de começar a aproveitar minha própria companhia e decido que ficar em casa agora é uma grande chance de experimentar ficar de fato sozinha pela primeira vez.

Depois que Ivy sai, desço bem depressa vestida com o pijama quentinho que eu acabei de colocar e vou até a floricultura que fica logo na esquina, compro algumas flores cor-de-rosa e outras amarelas e as coloco em um vaso com água assim que volto para o apartamento. Paro e me dedico a sentir o perfume exalando pelo ambiente por alguns minutos antes de fazer qualquer coisa, então começo a colocar meu plano em prática.

Escolho meu filme favorito e me ajeito no sofá com um balde enorme de pipocas no colo me sentindo um pouco estranha nessa situação, estar sozinha fazendo uma coisa legal traz uma sensação de novidade que começa a me atingir, mas a comédia do filme é o suficiente para me distrair, e quando menos percebo estou me empanturrando de pipoca, suco e gargalhadas. Vez ou outra eu olho meu celular, me engano dizendo para mim mesma que a mensagem que eu espero ver na tela é somente a de Jake confirmando nosso encontro, mas sei, lá no fundo, que a notificação capaz de fazer meu coração saltitar no peito é a do número de Dylan, uma notificação que nunca chega, fazendo metade de mim se afundar em tristeza e saudade e a outra parte me consolar dizendo que é melhor assim. Tento pensar o mínimo possível nele e em qualquer coisa sobre nós dois, e na luta para não pensar me reviro no sofá até pegar no sono.

Capítulo 12

Sonho com Dylan aparecendo de surpresa na minha porta, entrando e me acordando no sofá, mas quando abro os olhos tomo um susto com o rosto de Ivy acima do meu.

– Você dormiu no sofá? – Ela pergunta quando quase salto do sofá.

– É... – Ela ri me vendo coçar os olhos irritados pela luz forte do sol que vem da janela. – Mas eu com certeza vou continuar dormindo lá dentro. – Sorrio e caminho em direção ao quarto, ainda sonolenta. Fecho as cortinas, me jogo na cama e continuo dormindo, aproveitando minhas férias e fazendo pela primeira vez alguma coisa só por mim. Acordo já de tarde com o barulho de uma notificação no meu celular.

"Te vejo hoje."

É uma mensagem do Jake. Olho no relógio e já são quase duas horas, falta pouco tempo para nos encontrarmos e levanto apressada para me arrumar. Abro as cortinas deixando a luz entrar no quarto, observo a vista da janela e noto que eu nunca tinha reparado no quão bonita ela é, uma imensidão de prédios e casas, e escuto a junção das vozes das pessoas na cidade e isso me faz sorrir. Caminho até o banheiro e tomo um banho, aproveito os segundos da água molhando minha pele e evitando pensar nos banhos que dividi com Dylan, saio com uma toalha em volta do corpo e outra na cabeça e começo a procurar a roupa perfeita para encontrar um amigo com quem quase não converso há anos, mas que me conhece melhor que quase todo mundo. Escolho uma saia preta com uma meia calça por baixo, visto uma blusa branca de gola alta e uma jaqueta escura por cima. Querendo ficar confortável e o mais segura e confiante possível, escolho colocar um coturno nos pés, assim sei que as chances de eu tropeçar e parecer uma idiota são bem menores. Seco meu cabelo castanho, passo um perfume de baunilha e saio faltando alguns minutos para encontrar Jake.

Desço do prédio e vou andando até a cafeteria que não fica longe, escolho ir caminhando depois de me perguntar o que mais eu perdi estando cega por tanto tempo, porque se eu não tinha reparado nem mesmo na vista do meu próprio quarto, eu com certeza não tinha reparado direito nas ruas em volta de mim. Ando pela calçada prestando atenção nas coisas ao redor, livrarias com bancas de livros na calçada, sorveterias, prédios com portas de entrada bonitas e árvores coloridas que parecem prontas para ficar laranja no outono que vai chegar. Em alguns minutos chego em frente à cafeteria e vejo através do vidro a silhueta da Jake me esperando.

– Oi. – Entro na cafeteria e ando até ele, tão animada quanto consigo.

Jake já está sentado com um café na mão, e eu confiro o relógio para ver se me atrasei. Respiro tranquila quando vejo que não me distraí o suficiente para perder a hora.

– Eu me adiantei um pouco. – Ele ri quando me vê conferir o relógio.

– Tudo bem, pelo menos você teve uma bela vista. – Aponto para a paisagem que é a rua lá fora.

– Realmente. Quase tudo em Boston é uma bela vista. – Ele ri transferindo o olhar de mim para o café e de volta para mim. – E aí? Como você tá? Eu achei que a gente ainda ia demorar pra colocar esse encontro em prática. – Ele sorri.

– Ah, é… Desculpa por isso. – Digo sem graça sentindo meu rosto esquentar.

– Cici, não se desculpa, você sabe que pode me chamar sempre que precisar. – Ele diz tocando minha mão.

– Eu sei. Foi por isso mesmo que chamei. Precisava de alguém, alguém que me conheça, alguém de New Forest pra me tirar de toda essa confusão que eu me meti aqui em Boston. – Sorrio quase chorando.

– Bom… eu tô aqui. Te levo para New Forest agora se quiser.

– Credo. Nunca mais diga essas palavras. – Nós rimos.

Ficamos horas conversando sentados na mesa, e entre um latte e outro nós rimos das lembranças da infância na nossa cidade natal e das manias que as pessoas em Boston têm e que nós achamos super estranhas. Nós gargalhamos e aqui com Jake eu me sinto em casa outra vez.

– Por que você veio pra Boston, afinal? – Pergunto.

– Por que você veio pra Boston? – Ele retruca.

– Ok, eu entendi. – Rio. – É bom te ter aqui, ter alguém que tem um jeito de casa, sabe? – Digo olhando para o copo.

– É bom estar aqui. Nós sentimos muito a sua falta, todos nós.

– Eu senti falta de vocês todos os dias. – Sorrio e toco a mão de Jake. Olho para a rua e percebo que passar o tempo com ele foi tão bom que não percebi que já está escuro. – Eu preciso ir, ou minha colega de apartamento vai pensar que você me raptou e vai mandar te caçar.

– Ela é pior que a Bailey?

– É claro que não. A Bailey nunca nem teria me deixado encontrar um cara numa cafeteria sem ter minha localização no celular, e acredite, isso só não está acontecendo agora porque você é irmão dela. – Nós rimos.

– Deixa que eu te levo em casa.

– Não, não precisa. Eu nem moro longe.

– A Bailey vai me matar se souber que eu deixei você ir andando pra casa sozinha em qualquer horário do dia. – Ele ri. – Pela minha integridade física, vai… – Nós rimos.

– Tá… Tá bom! – Um sorriso confortável toma conta de mim.

Jake deixa o dinheiro na mesa e nós saímos da cafeteria, ele abre a porta para que eu saia na frente e quando olho para trás consigo ver através do vidro uma porção de bolinhos sendo colocados no balcão, a cena me causa um leve aperto no peito quando me lembro dos bolinhos secretos de Dylan, mas sigo pela calçada com Jake tentando manter meu humor positivo ao lado dele.

Andamos algumas quadras até chegar à minha rua e paramos na entrada do meu apartamento.

– Obrigada por hoje. Senti tanta falta de estar perto de vocês. – Sorrio e o abraço com os braços ao redor do pescoço.

– Sempre pode me chamar, Cici. – Ele diz enquanto seus braços envolvem minha cintura e sua boca encontra minha testa antes de ele ir embora.

Olho Jake se afastar antes de eu começar a subir as escadas do prédio, quando sua imagem some virando a esquina eu colo as chaves na fechadura e subo para o apartamento, vou direto para o meu quarto, coloco uma roupa confortável, faço um coque no cabelo e ando até a cozinha para trocar a água das minhas flores que ainda estão magicamente vivas, tendo em vista que até um cacto eu já consegui matar. Quando volto para o quarto noto minha câmera em cima da cômoda e os vários filmes da viagem bem ao lado dela, fico pensando se deveria jogá-los fora ou mandar revelar, mas decido que só vou pensar direito a respeito disso amanhã porque não quero tomar nenhuma decisão precipitada que vai me machucar.

Capítulo 13

No dia seguinte acordo de manhã, pego os filmes e a câmera e coloco dentro da minha mochila, me visto com um macacão jeans, uma blusa branca e o cabelo meio preso, e decido andar até a loja de fotografias para descartar os filmes corretamente, decidida a não querer descobrir o conteúdo das fotos. Escolho ir até a loja de fotografias mais longe da cidade, pego uma condução e desço em uma loja que fica a quase quarenta minutos de Boston, tudo isso porque se eu fosse até a loja mais próxima, que fica a quinze minutos de casa, eu precisaria passar na frente da cafeteria onde Dylan marcou de conversar com Kim, correndo o risco de encontrá-los já que eu não conseguiria evitar de buscar os dois com o olhar e isso me faria sofrer, então resolvo que sacrificar meus vinte e cinco minutos é a coisa mais sábia a se fazer no momento.

Em Boston só tem duas lojas que fazem revelação de fotografias e manutenção de câmeras analógicas, por isso os donos de ambas as lojas me conhecem muito bem.

– Cecília! Quanto tempo! – Ouço a voz do senhor Loui assim que abro a porta. Ele é um adorável homem baixinho de cabelos brancos que ocupa o espaço há anos e que me atende desde que me mudei para Boston.

– Senhor Loui! Como vai? – Eu o abraço na lateral do balcão.

– Estou ótimo, agora que você me trouxe alguma aventura com a qual lidar. O que temos hoje? – Ele olha para a minha bolsa e eu hesito sobre descartar os filmes.

– Eu não sei... acho que temos lembranças... – Tiro, com o olhar triste, os filmes de dentro da bolsa.

– Boas ou ruins? – Ele pergunta com um sorriso simpático.

– Eu não sei exatamente... e não sei se quero descobrir.

– Algumas coisas na vida nós temos que tentar, Cecília, sem pensar demais, principalmente aquelas das quais temos medo. Digo isso por experiência própria. – Ele diz enquanto pega os filmes do balcão e de certa forma o que ele diz encontra um lugar dentro do meu peito.

Assim que me mudei, antes de conhecer qualquer pessoa da minha idade, conheci Loui. Um dia procurei no google por um lugar para revelar meus filmes e a loja mais perto de casa estava fechada, então eu fui até a segunda indicação mais próxima, uma loja chamada "Saving moments", onde eu cheguei seguindo as instruções do maps, e nela encontrei uma das minhas maiores minas de ouro e conselhos, meu primeiro amigo de Boston. Quando cheguei na loja Loui e eu tivemos uma conexão rápida, eu contei a ele que não conhecia bem a cidade e acabei entrando no assunto do porquê me mudei, ele me contou sobre sua esposa e seus 50 anos de casados recém-completados e a simpatia dele me fez sentir que de alguma forma Boston me deu um presente de boas vindas, um lugar para onde ir, onde eu me sentiria segura e confortável. Então eu fui lá por meses e meses, revelando filme atrás de filme, aprendendo alguns truques de câmeras, vendo fotos antigas do Loui, da Lisa, sua esposa, e de seus filhos, e ouvindo conselhos para os mais variados momentos, semanas de provas, dificuldade em fazer amigos, primeiro encontro com um cara legal da faculdade, Loui parecia ter uma sugestão para tudo e sempre saber o que dizer, e dizia tudo o que eu precisava ouvir, como se já tivesse andado os mesmos passos que eu vinha andando.

– Quanto custa essa leva de revelações?

– Você paga na volta, tá bom? Eu te digo quanto custa dependendo do quanto isso vai te deixar triste ou feliz, mas lembre-se que é importante que você sinta, seja lá o que for. – Ele sorri dando tapinhas no meu braço.

– Obrigada, Loui. – Eu digo caminhando para a saída da loja.

Na volta pra casa observo as pessoas, crianças com seus pais, casais passeando com cachorros, homens e mulheres sozinhos, alguns até carregam flores, outros mochilas, todos vivendo suas próprias vidas e sentindo. Penso no que Loui me disse, é preciso sentir seja lá o que for, e então eu me permito sentir saudades de Dylan.

Caminho até o ponto da condução e volto para casa ainda sentindo saudades dele, mas decidida a deixar essa história no passado, onde ela já está, decido que é hora de continuar e criar minha própria história sem que Dylan faça parte dela, como se a viagem para a Itália nunca tivesse acontecido.

Capítulo 14

Semanas se passam desde a minha ida até a loja do Loui. Dois dias depois da minha visita, ele me ligou para avisar que as fotos estavam prontas, então busquei o pacote enorme de lembranças da viagem, mas decidi que mantê-lo fechado seria a melhor escolha até que abri-lo não pudesse mais me causar nenhuma sensação, desde então o pacote vem me encarando parado em cima da cômoda por todas as horas, dias e semanas que se arrastam.

Não escuto falar sobre Dylan desde o dia no aeroporto, nem sobre Ryan, ainda bem, mas a volta para a faculdade está se aproximando e eu sei que vou vê-los outra vez, mas planejo evitar isso ao máximo.

Durante as semanas seguintes encontro Jake algumas vezes, vamos juntos ao jogo do Boston Celtics e ele se dedica a me ensinar algumas coisas sobre basquete. Compramos camisas com números iguais e aparecemos no telão, fazemos pose, rimos e bebemos juntos. Praticamente todos os dias nós nos encontramos para tomar café ou visitar uma livraria, e Jake parece sempre meio perdido, mas eu tento explicar para ele as histórias de alguns livros enquanto ficamos sentados atrás de estantes na biblioteca pública rindo, tentando não fazer barulho e ouvindo as pessoas nos mandarem ficar calados. Um dia ele até chegou a subir no apartamento e conhecer Ivy e Nic, Ivy me perturbou por dias dizendo que existe um clima entre nós dois e foi super difícil convencê-la de que nós somos amigos de infância e de que eu tenho certeza de que Jake me vê como uma irmã mais nova.

Assim que as aulas voltaram, passamos a nos ver com menos frequência e eu comecei a ter que encarar mais dias sozinha, mas eu tenho praticado, então consigo. Algumas vezes fico na biblioteca da faculdade estudando e sendo interrompida pela impressão de ver Dylan entrar pela porta quando na verdade é sempre outra pessoa. Certos dias eu caminho para casa sozinha, mas algumas vezes Jake me busca na porta da faculdade no fim das minhas aulas noturnas e vai andando comigo até o apartamento, esse é um cuidado que eu aprecio já que podemos voltar conversando e planejando coisas para fazer no fim de semana.

Tudo acontece na Itália   147

– Você não tem amigos além de mim? – Pergunto rindo enquanto voltamos para casa juntos no fim da tarde depois de um dos meus primeiros dias de aula. Um moletom da faculdade, um jeans e um all star são tudo que fica entre mim e o vento frio enquanto ando ao lado de Jake com as mãos nas alças da mochila.

– Tenho, mas te dou preferência por pena. – Ele ri fazendo piada.

– Até parece! – Rio abaixando a cabeça e quando levanto vejo a imagem clara de Dylan do outro lado da rua, ele está com algumas pessoas que eu reconheço como amigos do mesmo grupo de Ryan, mas nenhum sinal do próprio. Nossos olhares se cruzam e eu desvio depressa, movimento que Jake nota de imediato. Dylan nos olha de cara fechada, e eu não sei distinguir se seu sentimento é de raiva ou ciúmes, lembrando do dia em que encontramos Jake na Itália.

– Tá tudo bem? – Jake pergunta olhando de relance para Dylan do outro lado da rua.

– Tá… tudo certo. – Eu sorrio olhando para ele.

Jake anda comigo até a entrada do prédio e vai embora depois de um abraço e um beijo na testa, como sempre. Depois que entro na casa vazia vou direto para o meu quarto e decido que é hora de encarar as fotos de uma vez. Largo a mochila no chão, pego o pacote quase empoeirado em cima da cômoda, assopro os resquícios do tempo em que ele esteve parado ali enquanto sento na cama com ele à minha frente e começo a retirar as fotos. Um bolo enorme de imagens está na minha mão, foram muitos filmes e incontáveis momentos revelados, momentos dos quais eu tenho certeza que não me esqueci. Uma das primeiras fotos é a de Dylan sujo de bolinho e isso faz meu coração apertar, mas eu me mantenho firme. Muitas fotos de paisagens, dos prédios, das ruas, das casas, das flores e algumas fotos de Dylan que fazem alguma coisa querer sair desesperadamente pela minha garganta. Meus olhos encontram uma foto específica, uma real o suficiente para fazer as lágrimas presas dentro do meu corpo começarem a sair em silêncio, uma foto minha molhada, de braços abertos, com o rosto virado para o céu sentindo a chuva, uma foto capturada quase embaçada por eu estar em movimento… Quando vejo essa foto é como se meu corpo inteiro se lembrasse desse momento, uma foto que eu nem sabia que tinha sido tirada, uma foto que Dylan capturou sem me avisar, uma foto de mim da forma como ele me via, e a saudade que eu vinha sentindo de mansinho agora parece querer me consumir, minha vontade é de pegar o telefone ou de sair correndo na direção da casa dele, mas eu sei que ele fez outra escolha e que provavelmente nesse momento ele está com visitas e eu seria só uma coadjuvante na história deles dois.

Pego uma caixa antiga no alto do armário e jogo todas as fotos lá dentro, fecho bem com a tampa e reconheço que esse é meu limite, volto para a cama secando as lágrimas, pego meu celular e escrevo.

"Jake, jantar amanhã? Ou você já tem planos com alguém?"

Em minutos recebo uma resposta.

"Mesmo que eu tivesse, eu cancelaria. Te pego as seis."

Capítulo 15

No dia seguinte espero ansiosa pelo momento de encontrar Jake. Estar com ele é uma das coisas que me faz feliz nesse momento, nós nos divertimos juntos e eu me sinto em casa. Me arrumo perto das seis da tarde e espero ele chegar, quando o interfone toca eu já sei quem é e desço depressa me despedindo com um tchauzinho de Ivy que está na cozinha fazendo o jantar. Quando abro o portão e desço as escadas, Jake pega minha mão com uma das mãos, a outra no bolso do casaco, e me gira na calçada.

– Está linda! – Ele me elogia.

– Obrigada! Você também está muito bonitão, não sei como não arrumou uma namorada em Boston ainda. – Eu rio e ele ri de volta.

Andamos algumas quadras até o restaurante onde estamos nos acostumando a jantar quase sempre, sentamos na mesma mesa perto da janela e pedimos os mesmos pratos. Horas se passam enquanto conversamos sobre faculdade e sobre o que esperamos do futuro.

– Direito dá dinheiro e dinheiro me dá a certeza de que eu nunca mais vou morar em New Forest. – Eu rio e bebo meu suco.

– Você tá em Boston. Você nunca mais vai voltar pra New Forest independente do curso que fizer. – Ele sorri.

– Eu não levaria tanta fé em mim.

– Você não é seus pais, Cici. Você é incrível. É especial, sempre foi. – Ele diz quase sério segurando minha mão.

– Obrigada, Jake. É bom ter você aqui pra me dizer isso. – Eu seguro suas duas mãos com as minhas e sorrio o largando em seguida e voltando a beber meu suco. – Me conta! Você tem saído com alguém?

– Não... ainda não. – Ele leva a taça de vinho até a boca.

– E por que não? Você escolheu esperar, é? – Nós rimos.

– E aquele cara da Itália? Você estavam juntos lá, não estavam? – Meu estômago quase embrulha quando ele pergunta.

– É... estávamos... mas foi só uma história rápida, nada importante. – Eu sorrio.

– Entendo... não pareceu quando ele esbarrou com a gente naquele dia.

– Pois é... Mas é exatamente isso.

Nós acabamos de jantar e de bater papo. Quando eu estou com Jake não quero falar do Dylan, quero mesmo é me esquecer dele e é isso que fazemos sempre, nós esquecemos dele pelo máximo de tempo que eu consigo, e meu recorde é de cinco minutos até agora.

Caminhamos de volta para casa, estou vestindo uma saia, uma blusa de mangas e gola alta e um coturno preto, Jake anda ao meu lado, ele está de calça jeans preta e camisa caramelo com um casaco por cima, seu sapato é tão escuro quanto o meu. A noite está ficando um pouco fria e Jake coloca seu casaco por cima dos meus ombros quando sentimos a primeira brisa bater. Nós andamos lado a lado conversando, mais sorrindo do que rindo, eu falo sobre como sinto falta da Lily, sobre como espero encontrar com ela um dia no paraíso. Esse assunto com Jake é leve, porque ele estava lá quando tudo aconteceu, eu com treze anos, ele com quinze, sendo gentil e adorável quando precisei passar algumas noites na casa da família dele enquanto meus pais estavam no hospital. Ele também começou a aparecer no cemitério da cidade toda terça-feira quando descobriu que eu ia lá depois da aula visitar o túmulo da Lily e levar flores, o hábito mais difícil de abandonar quando eu saí da cidade, e ele sentava lá fora e me esperava sair e então nós íamos tomar sorvete juntos. Ele achava que eu não sabia que ele ficava lá, mas era coincidência demais ele estar lá toda terça-feira sem falta, e eu era bem inteligente e adorava ter alguém ali que gostasse de mim. A junção de tudo o que Jake vinha sendo pra mim e de toda a nossa história juntos afaga meu coração, mas de um jeito diferente, eu sei que Jake é um amigo, um amigo por quem eu me arriscaria se fosse preciso.

Quando viramos a esquina do meu prédio estamos sorrindo e conversando, estou andando de cabeça baixa quando percebo que Jake diminui os passos devagar, olho para ele sem entender e então olho para a entrada do meu prédio e vejo Dylan parado, encostado em um carro com as mãos nos bolsos.

– Olha aí sua história rápida e nada importante... – Jake diz quase rindo e eu olho para Dylan sem acreditar, me perguntando se já estou tão louca que estou vendo miragens.

Ver Dylan ali me faz sentir como se não nos víssemos há anos, me faz lembrar de tudo o que aconteceu na Itália e da mensagem de Kimberly na tela do celular. Começo a me perguntar se ela pisou na bola outra vez e se só por isso ele está aqui na frente da minha casa como se tivesse esse direito, nessa confusão de pensamentos eu quero pular no pescoço de Jake e beijá-lo correspondendo ao clima que ele vem tentando trocar comigo desde que nos reencontramos e que eu tenho evitado tanto quanto consigo porque sei que não sinto o mesmo que ele, mas isso não seria justo, eu magoaria três pessoas que amo, Dylan, Jake e eu, e além disso, bem lá no fundo, eu quero muito ouvir o que Dylan tem a dizer.

– Obrigada pelo jantar. – Sorrio para Jake que parece um pouco decepcionado, mas conformado, como se já contasse com a possibilidade de isso não passar de uma amizade. – Nós somos amigos? – Eu pergunto entregando o casaco de volta para ele como um aviso de que é melhor nossa noite acabar aqui.

– Absolutamente sempre, Cici. Não importa o que aconteça. – Ele me diz pegando o casaco, sorrindo e indo embora depois de beijar meu rosto.

Continuo caminhando devagar na direção da entrada do prédio pegando as chaves na bolsa e as segurando nas mãos.

– É sério? Com ele? – Dylan diz se levantando sem conseguir conter o ciúme.

– Você só pode estar brincando. Está me perguntando se eu estou saindo com Jake? Isso não é da sua conta. – Digo ficando com raiva e começando a subir as escadas indignada.

– Cici, me desculpa. Vamos conversar. – Paro de subir as escadas, a raiva que eu estava conseguindo controlar começando a entrar em ebulição, então viro para Dylan e quase grito.

– Conversar, Dylan? O que faz você pensar que pode vir no meu portão depois desse tempo todo me perguntando com quem estou saindo e me pedindo para conversar? – Eu digo indignada e brava.

– Eu preciso te explicar, Cici. Se você me ouvir vai entender. – Ouvir a voz dele me chamando de Cici é capaz de abalar meus sentimentos.

– Entender o quê, Dylan? Não tem o que entender. Nós deixamos as coisas saírem do controle, nos divertimos e acabou, as coisas são assim.

– Mas não eram pra ser, não com a gente, porque eu sei que você sente por mim o que eu sinto por você... ou pelo menos sentiu lá na Itália. – Essa afirmação direta faz meu coração acelerar. – Eu sei que você viu a mensagem da Kim, e sim, nós saímos para conversar. – A raiva começa a borbulhar em mim de novo.

– Você veio aqui me dizer que saiu pra conversar com a sua ex-namorada? – Eu rio sarcástica. – Dylan, você é inacreditável! Você é inacreditável! – Digo cortando todas as falas dele e voltando a subir as escadas.

– Que droga, Cecília! Escuta! – Ele diz também alterando o tom de voz. – Fazia tão pouco tempo que Kim e eu tínhamos terminado quando Ryan me ligou me pedindo para viajar com você, eu ainda estava magoado e confuso. Foi tão rápida a forma como eu me senti em relação a você. Em um dia eu estava sofrendo pela Kim, uma pessoa que fez uma das piores coisas que se pode fazer com a outra, e no outro meu coração acelerava toda vez que você chegava perto, toda vez que eu te via enxergar a beleza das coisas, quando você ria, quando falava, quando era compreensiva e amorosa. – Eu ouço tudo calada. – Eu fiquei muito confuso, sem entender como eu pude passar aquele tempo com a Kim e depois me apaixonar por você tão rápido, fiquei com medo. Eu já tinha considerado você, eu já tinha te visto, te escutado, eu sempre soube que tinha alguma coisa que me levava pra perto de você, mas tinha o Ryan e vocês estavam juntos, eu não cogitava me aproximar, mas passar um dia perto de você foi suficiente para o sentimento virar uma coisa gigantesca no meu peito e eu simplesmente não saber mais como agir do seu lado.

– Eu namorei durante três anos com Ryan e não tive medo de estar com você na Itália.

– Mas você é corajosa. – Ele diz com admiração no olhar. – Eu sei que eu errei. Errei feio. Eu não vim me justificar, mas eu não aguento mais ficar longe de você, Cici. Eu preciso pelo menos que você me diga que não me quer, e se você me disser eu prometo que vou respeitar, mas eu preciso saber que você não quer que eu lute por você, se você não disser eu vou continuar tentando, eu vou fazer o que for pra provar que eu mereço uma chance.

Cada palavra que Dylan diz faz uma lágrima brotar dentro dos meus olhos, mas me mantenho firme e não deixo que elas caiam.

– Eu gosto de você... e você sabe disso. Mas eu sei que não vou conseguir ignorar o fato de que mesmo estando comigo você ainda pensava na Kim, enquanto Ryan parecia só uma sombra do meu passado, totalmente apagado por você e por nós dois.

– Eu fui conversar com a Kim, sim, mas eu não fui conversar com ela na intenção de a gente voltar a ficar junto. Eu sabia que não gostava mais da Kim e precisava encontrar com ela pra sentir como é não gostar mais de alguém. Assim que eu cheguei no café e vi ela sentada eu tive a certeza absoluta de que queria você. – Nós ficamos em silêncio por alguns segundos.

– E por que você nunca mais apareceu desde então?

– Você disse que não me queria mais, eu quis respeitar, não quis ir contra sua decisão, mas então comecei a ver você e Jake juntos em muitos lugares. – Ele tenta esconder a expressão de ciúmes. – Vi vocês na rua usando camisas iguais do Celtics, vi vocês tomando sorvete na sorveteria perto da faculdade, vi vocês sentados no banco embaixo de uma árvore no campus numa tarde quando passei para fazer um teste no prédio de trás, vi vocês em muitos lugares, até que percebi que aos poucos eu estava te perdendo e me neguei a perder sem lutar. Eu preciso de você, Cici, eu te amo de verdade e eu tenho certeza absoluta disso. – Ele parece deixar essa frase escapar mas não se arrepende. Meu coração está acelerado e eu fico parada sem saber o que dizer. – Diz alguma coisa... – Ele pede, seus lábios vermelhos realçados pelo frio que está fazendo.

– Eu já disse que Jake e eu somos só amigos. – Ele quase sorri quando eu digo.

– E sobre o resto? – Ele se aproxima devagar enquanto eu fico parada, feliz por dentro, pensando em tudo o que aconteceu e na falta que sinto de Dylan, então me lembro do que Loui me disse semanas atrás, é preciso arriscar algumas coisas sem pensar, ainda mais as coisas das quais temos medo, e decido que é isso que vou fazer. Reflito que talvez essa decisão seja o meu maior erro, mas que eu já passei tanto tempo tentando com Ryan, eu tenho direito de tentar ser feliz com alguém que me faz sentir feliz. Desço as escadas devagar olhando para os lados e então para Dylan.

– Eu espero que você não tenha pretensão de me fazer sofrer. – Olho para ele com a expressão séria.

– Eu não vou. Eu prometo. – Ele diz parecendo ainda não saber se pode se aproximar de uma vez. Nós dois nos olhamos, quando me aproximo descendo o último degrau. – Eu senti sua falta. – Ele diz enquanto acaba com todo o espaço entre nós e leva uma mão até meu rosto.

– Eu também senti a sua. – Nossos corpos se encontram e nossos lábios se tocam, deixo que meu dedos matem a saudade dos cabelos de Dylan e respiro fundo como se quisesse guardar todo o cheiro dele para sempre.

Do alto do prédio nós ouvimos palmas e comemorações vindo da janela do apartamento, Ivy e Nic gritam, riem e aplaudem enquanto se abraçam, os observo enquanto sinto o corpo de Dylan próximo ao meu e percebo que minha felicidade está aqui nesse momento eterno com ele.

– Dylan... – Eu o abraço.

– Oi... – Ele beija meu cabelo.

– Como você sabia meu endereço? – Pergunto curiosa e Dylan ri.

– Eu pedi ao Ryan. Disse que você tinha esquecido alguma coisa da viagem comigo. – Nós rimos.

– Eu te amo, Dylan...

– Eu te amo, Cici.

Agradecimento

Não poderia terminar esse livro sem agradecer ao meu maior apoiador e fã número 1, Pedro, meu marido, que está comigo em todas as minhas aventuras e mergulha em cada uma delas.

Todos os caminhos me levaram até você, e nem nos meus romances mais clichês eu poderia imaginar encontrar alguém perfeito assim.

Obrigada por acreditar em mim até mesmo nos dias em que eu não acreditei, e por estar sempre na primeira fileira assistindo, torcendo e apoiando enquanto eu corro na direção da minha melhor versão.

Eu amo você, muito mais do que você pode imaginar. Meu lar.

- editoraletramento
- editoraletramento.com.br
- editoraletramento
- company/grupoeditorialletramento
- grupoletramento
- contato@editoraletramento.com.br
- editoraletramento

- casadodireito
- editoracasadodireito.com.br
- casadodireitoed
- casadodireito@editoraletramento.com.br